U0092827

張振剛戲劇作品集

情還明宮

自序

「人生如戲，戲如人生。」這是一句被說濫了的格言。誠如俄國作家愛倫堡說的，濫用的結果，再好的詩句、格言也會成為「磨光的二戈比」。但是，二戈比再磨光也是錢，說濫的格言終究是真理。

我的人生可以說是從戲劇開始的。在我六七歲的時候，我們這個有七千人口的小鎮尚沒有一家戲院子；戲班來了，只好借一處道觀的小戲台，或者在一家典當的廢墟上臨時搭台演出。於是鎮上一些好事者便合計籌建一個劇場。家父也是合計籌建的參與者之一，所以，劇場的場址最終選定在我家後邊的破花園裡。劇場草創，當然非常簡陋。劇場存在的那幾年裡，對於我，是童年生活一段最為快樂美好的時光。每當有戲班來演出，吃過晚飯，我會爬上一隻特別高的高凳，趴在戲台的台角上做回家課業，一邊等候戲文的開場。往往課業做完，戲文的開場鑼鼓也響起了。那時看熟的一些戲，比如越劇《梁祝》、《碧玉簪》，比如京劇《打嚴嵩》、《武家坡》，我差不多記憶了一生。熟到什麼程度呢？我都能綰上大人的圍裙當袍邊唱邊演，惹來大人們的一片喝彩聲。

上世紀六十年代初，我從師範學校畢業，分配到一個鎮上的小學任教。有一年縣教育系統要搞調演，規定必須自編自演，我所在的小學便組建了一個七人的創作小組，商討題材之後，大家一致推定要我執筆。我那時才二十出頭，是個嫩鳥，不知其中的深淺，卻不過就接受了。花了大約一個多月的業餘時間，我寫成一部四幕七場的話劇，劇名叫作《這裡並不平靜》，反映教育改革的——因為當時正好傳達毛澤東關於教育改革的一個講話《春節談話》。這個戲無疑當然是歌頌這個談話的。但是，一年之後，文革風雲突起，這個戲就成了一個有縫的雞蛋，我因此順理成章地成為了運動的目標，吃盡了苦頭。我雛鳥的初啼文學創作便也淺嘗輒止，以戲劇始以戲劇終了。

再度提筆寫戲，已是二十多年之後，我已經有了差不多十年小說創作的經歷。一九九一年，浙江省又一屆戲劇節啟動，各地市劇團聞風而動。當時嘉興市越劇團非常著急，因為他們手上還沒有劇本，於是一位姓查的負責人找到我，想請我為劇團寫一個本子。這就是後來該劇團演出的七場古裝越劇《情還明宮》。

此後斷斷續續由各種因緣，我又寫了一些劇本。

二〇一三年元旦剛過，朋友們在一起閒聊，有友人說，這些年你也寫了一些劇本，何不選出幾個出個集子？我說這有意思嗎？他說怎麼沒有意思，太有意思了。聽了他的慫恿，我忽然想起了「人生如戲，戲如人生」這句如同磨光了的二戈比一般的格言，心有所動，真就接受了他的建議，從我寫成的劇本裡選出四個，編成這本戲劇作品集。四個本子從類型上看，一個話劇，三個戲曲，從形式上看，兩個現代劇，兩個古裝劇，但不管類型和形式，這四個戲卻有一個共同的主題：它們全都寫人，寫人情人性；寫人的執拗和通達，寫人情的冷漠和善良，以及寫人性最終通往佛性的幽深和平常。

集子編定，我忽然有些迷茫，不由得反問自己：這麼許多年來，是我寫了這些戲呢，還是這些戲寫了我？

目次

五涇鎮

六場現代越劇

人物表

時　間　九十年代初

地　點　江南小鎮

馮邊柱　五涇鎮老書記。

馮建國　五涇製革廠廠長，馮邊柱之子。

馮頌陽　五涇製革廠副廠長，馮建國之子。

馮頌月　頌陽之姐，馮建國與宋辛荑之女。

秀　葦　馮建國之妻。

秋　茄　馮邊柱之妻。
宋辛蕙　辛蕙皮革公司董事長，馮建國青梅竹馬的戀人。
宋小蕙　宋辛蕙之女，辛蕙皮革公司總經理，馮頌陽女友。
宋槐庭　宋辛蕙之父，台灣宋氏皮件公司董事長。
春　韭　宋槐庭之妻，秋茄之姐，從小曾與馮邊柱訂親。
侯　寶　五涇製革廠供銷員。
鐘半侯　辛蕙皮革公司職員。
小　鈴　五涇製革廠廠部辦事員。
小　胡　五涇鎮文化站幹部。
老　陳　五涇製革廠炊事員。
青工、村民、短工、小車司機。

第一場　候客

▲深秋。

▲五溼製革廠廠部接待室。中間大門敞開，兩邊各有一排大玻璃窗。透過門窗可以望見燦爛陽光下金黃的樹枝。

▲秀葦和辦事員小鈴在擺放水果、茶點。

小　鈴　葦阿姨，聽說今天來洽談投資的辛蕙皮革公司總經理年紀很輕。

秀　葦　是的，才剛剛滿二十歲呢。

小　鈴　還是個女的？

秀　葦　不錯，是個女孩子。

小　鈴　哇！她算是給我們女人露臉了。不過，這麼能幹的腳色，一定傲得很吧？

秀　葦　小鈴，不要瞎猜了。只要業務談成，她再傲，我們也要忍著點。

▲馮建國邊聽行動電話上。

馮建國　什麼什麼，多恒昌訂的那批皮夾克不要了？小李，你再努把力，那可是我們的重點戶啊。什麼，無能為力？已被「海豹」捷足先登了？（想想）那暫時緩和一下，留個餘地，你先上哈爾濱看看。對。價格嘛，適當再低一點也行。好，就這樣。（關機。看看室內的佈置）秀葦，單單水果恐怕不夠。今天的洽談關係到廠子的命運。再去搞點高檔的蜜餞、飲料。——喔，對了，還有咖啡，人家城裡青年不愛喝茶的。

秀　葦　這……好吧，我們這就辦去。小鈴，我們走。（與小鈴下）

馮建國　（行動電話鈴又響）五涇製革廠。您哪位？侯寶？

▲馮頌月上。見馮建國接電話，遲疑地站在大門邊。

馮建國　侯寶，你小子在哪？已在回廠路上了？情況如何？兩萬件，好哇！什麼，要二折回扣？也太黑心了。好吧，二折就二折，不過定金得儘快撥過來。好，你回廠再說。（關機，自語）唉！等米下鍋，挖肉補瘡。（一回頭，見頌月）頌月你……

馮頌月　（憂鬱地）爹，工人們都在吵吵著等發工資呢！

馮建國　怎麼，要鬧事？

馮頌月　眼下還沒那麼嚴重。不過，再拖欠下去，我怕真要出事呢。爹，

（唱）拖欠工資已三月，

難怪人心不安逸。

誰見過蠶兒做絲不吃葉，

燈到油乾火不滅？

馮建國　（唱）拖欠工資實無奈，

廠裡的苦衷應理解。

定是有人來調唆，

說不定同行絕妒有內奸。

頌月，眼下廠裡正在爭取投資，絕不能在這接骨眼上捅出亂子來。你去調查一下，

把帶頭鬧事的開除幾個就完了。

馮頌月　爹，正是在這接骨眼上才不能輕易開除人呢。若這樣，我怕真要捅出亂子了。

馮建國　那依你怎麼辦？

馮頌月　我想，只有釜底抽薪，從什麼地方挪一點錢，先對付這個月的工資再說。

馮建國　頌月，你不是不知道，新疆那一批皮草錢還欠著，廠裡哪還有錢哪！

馮頌月　要不，出去想想辦法？

馮建國　借錢？不行！我不能壞了我們廠的臉面。這些工人也太不體諒廠裡的難處了。唉！

（唱）原以為，五涇廠，如日中天，

誰知道，近年來，惡運連連。

商號們，殺價格，一賤再賤，

索回扣，少廉恥，明目張膽。

假冒貨，將我廠，聲譽毀壞，

打官司，無結果，春去秋來。

頌月啊，你叫爹這倒楣的廠長怎麼當？

望前途，我束手無策空嗟歎！

馮頌月　爹，不是我埋怨你，早聽頌陽弟，趁前兩年實力雄厚，將「軟寶石」新項目上馬，如今也不會這麼困難了。

馮建國　（不無喪氣地）怪我沒有魄力。

馮頌月　不過，現在上馬也不遲。這多虧了人家辛蕙公司啊。

馮建國　只是……這投資的事成功不成功還很難說。

馮頌月　我想不會有什麼問題吧。爹，你還不知道，我聽說這位總經理小姐正和頌陽弟戀愛呢。

馮建國　（興奮地）是嗎？（立刻又轉喜為憂）不過，這事最後還得他們董事長拍板的。

馮頌月　爹，有頌陽弟那一層關係，我想事情也許就好辦多了。

▲炊事員老陳上。

老　陳　廠長，你怎麼還不去吃飯？我都給你熱過兩遍了。

馮建國　老陳，你收拾了吧，我不想吃。

老　陳　廠長，你不用發急，頌陽副廠長今天陪城裡廠家的總經理來談成投資，廠子就起死回生了。閒話淡話不要聽他。當年開工廠的辰光，大家自吃飯白磕頭，勒緊褲帶，半年工夫一個銅板也不拿，不是照樣勁頭蠻足？現在碰到一點困難，遲發幾個月工資就嗷嗷直叫，良心都叫狗叼去了！前兩年，一個月光獎金拿拿一兩千，怎麼不叫喊嫌多呢——廠長，飯是一定要吃的，吃飽飯才好談生意。我再去給你熱一熱，你就來啊。（下）

馮建國　衝著老陳這樣的工人，我厚著面皮出去借債也把工資發了。

馮頌月　爹，你還是同意先發工資了？

馮建國　剛才侯寶來電話，他已爭取到二萬件皮夾克的合同，等定金一到，先開工資。

馮頌月　（不無愁苦地）唉！

▲一陣汽車馬達聲。

▲馮邊柱上。

馮頌月　爺爺！（親暱地扶住馮邊柱）

馮建國　爹，你怎麼又跑到廠子裡來了。地裡的菊花，樹上的柏子，都等著收拾呢。

馮邊柱　我還有心思採菊花、摘柏子？——談生意的還沒到？

馮頌月　（看看錶）喲，都快兩點了，怎麼還不來呢？

馮邊柱　院子裡那一車貨是怎麼回事？

馮建國　（一驚）什麼，院子裡的貨？是……銷出去的吧。

馮邊柱　是退回來的吧？

▲一青工闖進來。

青　工　廠長，華豐商場的三百件皮風衣定要退貨，我說破了嘴皮也無用。

馮建國　為什麼？

青　工　就為胸襟上那三道褶線，嫌式樣老了。

馮建國　當初他們不是同意要這批貨的嗎？再說，我們因此還讓了價格呢！

青　工　可人家說，這批貨上櫃都三個月了，只賣出去五件，所以高低一定要退貨。

馮頌月　不是訂有合同嗎？

青　工　他們情願按合同賠償損失。這就把話說到南牆上了。我只好把衣服拉了回來。

馮建國　（煩躁地揮揮手）趕快給我拉走。趕快！

青　工　是。（下）

馮邊柱　我早就說過，我們五涇人三升六合的命，攤子鋪得這樣大……

馮建國　爹，你又說這話了。這不是攤子不攤子的問題；要說攤子，倒是鋪得還不夠，所以今天頌陽陪辛萸公司……

馮邊柱　我就擔心今天這事。

馮建國　爹，你對頌陽也太有成見了。

馮邊柱　成見？（氣憤地）我聽說，他在省城賓館進舞廳出，只曉得吃喝玩樂！

馮建國　爹，這是生意場中的應酬，不這樣不行。

馮邊柱　應酬？從前老宋家開皮毛行的時節，也沒見有這麼多虛應故事，生意不照樣興隆。聽說現在生意場上還興帶女人的，真是！（搖頭）

馮頌月　（笑）爺爺，還真叫你說中了，頌陽弟這次也帶個女孩子呢。

馮邊柱　什麼，還真帶個女的？

（唱）

不懂不懂真不懂，

三寸蛐蟮修成龍。

莫非稻糧不用禾苗種，

談生意還要靠花花功？

哼！（氣憤下）

▲侯寶上。

侯　寶　廠長，我回來了。哎呀，喝死我了！哦，頌月也在。（接過頌月遞給的飲料，邊喝邊誇張地）兩萬件，把我的舌頭也說焦說爛了。二折回扣雖說凶了點，可利潤還是相當可觀的。

馮建國　那定洋啥時撥過來？

侯　寶　月底之前。

馮頌月　（出了口氣）工人們的工資有著落了。

侯　寶　廠長，這次我在江蘇跑了幾個地方，又發現幾個假冒商標。

馮建國　哦？

侯　寶　除了「王經」，還有「主涇」、「玉涇」、「生涇」。一個「王涇」官司尚未了結，這「主涇」、「玉涇」、「生涇」更沒有精力對付了。

馮頌月　真真太可惡了！

侯　寶　頌陽廠長還沒有回來？官司也不知打得怎麼樣了。

馮建國　（看看錶）怎麼搞的，都快兩點半了。

▲秀葦、小鈴上。

馮建國　怎麼空手回來？

秀　葦　有人見頌陽帶個女孩子上家裡去了，所以，我們又把東西退了。

馮建國　這個頌陽，瞎上三貫經，搞的什麼名堂！

馮頌月　爹，那我們趕緊回家吧？

馮建國　回家。真是亂彈琴！

▲燈暗。

第二場　福星

▲五涇橋畔。

▲馮頌陽帶宋小蕙上。

馮頌陽　（唱）菊花黃，柏葉紅，秋色正濃。
　　大事成，回鄉來，渾身輕鬆。

宋小蕙　頌陽，你的家鄉真美！（跑到橋上，數）一二三四五，果真有五條河。

馮頌陽　（唱）五河涇，五條龍，遊龍戲鳳。
　　五涇橋，如鵲橋，牛女相逢。

宋小蕙　（嗔）亂嚼舌頭，討厭！

馮頌陽　哈哈哈！小蕙，五條河五個名，金木水土火，五條河五個自然村，汊溪灣泉河。鎮上有諺說：

金泉藏金，

木河打零，

水汊甜津，

火溪天門，

土灣竹帛，

唯賢唯能。

宋小蕙　怎麼講？

馮頌陽　這是說，金泉村盡出富人；木河村盡出匠人；水汊村水質好，盡出美人；火溪水長年溫熱，專養豪俠之人；土灣村呢，有大片大片的竹園，是出讀書人的地方。

宋小蕙　應驗嗎？

馮頌陽　據說從前是很應驗的，現在就不敢說了。不過金泉村地主多，火溪村人的性子最火爆，倒是確確實實的。金泉村最大的地主姓宋——怕是貴同宗吧！嘻嘻！——你一見我爺爺就知道，他這人一粒火星就會滿身冒煙，你可小心著點啊！

宋小萁　我不怕。再說我也不會去冒犯他老人家，火就自然不會燒到我身上。

▲這時傳來小羊叫聲。有村民擔著小湖羊去鎮上賣，頌陽與之招呼。

宋小萁　看來你們這裡真的盛產小湖羊。

馮頌陽　我難道會騙你？所以，上「軟寶石」項目，這裡有得天獨厚的條件。小萁，

（唱）羔羊皮好似軟寶石，

　　這樣的美譽非虛誇。

　五涇廠是上還是下，

就等你降福的女神一句話。

宋小萁　要是我說個不字呢？

馮頌陽　怎麼會呢？你遲早會成半個五涇人的。

宋小蕙　這麼有把握？哼，
（唱）這世間瞬息萬變無定碼，
鐵鑄的事兒也虛化。
我的心中縱願意，
須知道，背後還有我的媽。
馮頌陽　你這是指廠子的事，還是我倆的事？
宋小蕙　你說呢？
馮頌陽　小蕙，你不要跟我捉迷藏了。
宋小蕙　我可說的大實話呀！
馮頌陽　小蕙，你得把話說清楚。
宋小蕙　（見馮頌陽那副認真的樣子，笑）好啦好啦，快領我去見你的廠長老爸吧。
馮頌陽　不行不行，你不說清楚我不走。
宋小蕙　你呀你呀，真是個拎不清的榆木疙瘩。

馮頌陽　（省悟）哦！好，好，我們走。（突然改變主意）慢，小萸，先上我家坐坐怎麼樣？

宋小萸　（想了想）也好。（拉手下）

▲燈暗。復明。

▲馮家院子。馮邊柱在晾蒸好的菊花。晾完，在石凳上坐下，掏出煙來抽。

馮邊柱　（唱）馮邊柱四十年跟黨幹革命，
土地改革到如今。
十年前腦子雖然轉了型，
細掂量，心裡仍舊未落榫。
商品經濟錢江潮，
五涇廠好似孤帆要翻沉。
風言裡出走的孤女成財神，
宋槐庭也要從台灣回五涇。

這世事錯落如轉輪，
弄得人兩眼迷糊看不清。

▲秋茄端蒸好的菊花呼喚「老頭子」上。

秋　茄　老頭子，你又發什麼神經。天塌下來有長子頂，廠裡的事建國頌陽父子兩代廠長會辦好的，要你空發什麼急。

馮邊柱　你曉得個屁！建國頌陽他們，只要有人肯出錢救活這廠子，就是叫他們跪下來喊爹叫娘也情願。

秋　茄　這有啥不可以啊？介大一爿廠總不能眼看它倒掉。想想這幾年村村修起水泥路，家家裝了自來水，還有電視啊，衛生保健啊，那樣勿是廠裡的功勞！現在廠裡遇到了困難，有人肯伸手來拉一把，不要說叫爹娘，叫爺爺奶奶也情願的。

馮邊柱　越說越放屁了。你知道頌陽去求誰了？

秋　茄　不曉得。求誰？

馮邊柱　宋辛荑。

秋　茄　（一怔）宋辛荑？宋家大小姐？不會不會，世界上同名同姓多了。

馮邊柱　要是呢？

秋　茄　（想想）要是嘛……也沒啥吧。

馮邊柱　秋茄，

（唱）馮家宋家兩仇家，

　水火冰炭稻與麻。

馮邊柱生來骨頭硬，

豈能夠坐看子孫把腰哈？

秋　茄　老頭子啊，

（唱）什麼仇家不仇家，

說到頭宋馮兩家是親家。

你與那槐庭自小稱兄弟，

他的妻與我嫡嫡親親姐妹花。

自古親幫親來鄰幫鄰，
為廠子你要學宰相肚裡把船劃。

馮邊杜 嘿，跟你們女人家講不清楚。（氣鼓鼓接過菊花蒸箄晾菊花）

▲馮頌陽帶宋小芙上。

馮頌陽 爺爺，奶奶！

秋　茄 頌陽，我的寶貝孫子。你到省城去了介許多日子，連電話也勿打一個來，叫奶奶牽腸掛肚。來，讓奶奶看看，胖了？瘦了？

馮頌陽 （有點不好意思）奶奶，有客呢！

宋小芙 奶奶，您好！

秋　茄 好，好！呵唷，好齊整的姑娘！看看，這通身的氣派，城裡姑娘跟我們鄉下妮子就是不一樣。姑娘，不知怎麼稱呼你？你父母在什麼單位工作？

馮頌陽 奶奶，你是查人家戶口來了？

秋　茄 不不不，我是喜歡呢。姑娘千萬不要多心噢！

宋小蕙 沒關係。我姓宋，您叫我小蕙吧。

馮頌陽 奶奶，她是……我的女朋友。她的舞跳得可好哩，還彈得一手好鋼琴。

秋　茄 （驚喜）呵，還有介大的本領。我們頌——

馮邊柱 （把菊花蒸箄一撂）頌陽，你就知道舞啊琴啊。我問你，官司打得怎麼樣了？

馮頌陽 爺爺，我有客呢，這事回頭到廠裡再說。小蕙，這就是我爺爺。

宋小蕙 爺爺，您好！

馮邊柱 （對頌陽）只知道吃喝玩樂！（端起空蒸箄進屋，後又隱在門邊觀察院裡動靜）

宋小蕙 （對馮頌陽）爺爺不喜歡我？

馮頌陽 （朝馮邊柱方向翻白眼，輕輕地）火爆性！

秋　茄 哦，不是不是。這死老頭子一有心事，不管生人熟人，說翻面孔就翻面孔。姑娘，你千萬不要誤會！

馮頌陽 奶奶，小蕙是省城有名的一家皮革公司的總經理，這次我請她來，就是為解決我們廠困難的。

秋　茄　呵唷，介輕的年紀已是總經理了，還有介好的心腸，來幫助我們鄉下的廠子。你呀，你真真是我們的福星哉！

馮邊柱　（探出身子，冷丁地）你娘是否叫宋辛荑？

宋小荑　爺爺認識我娘？她是我們公司董事長。

馮邊柱　哦，不認識，不認識，我是聽頌陽他們說起過的。（縮進身子，下）

秋　茄　小荑姑娘，你是貴客，鄉下又沒啥東西招待，我去泡杯薰豆茶，再燒兩個水潽雞蛋。你坐一歇。

馮頌陽　奶奶，啥年代了。還水潽雞蛋！

宋小荑　水潽雞蛋我頂愛吃了。我和媽有時忙工作到半夜，媽就燒水潽雞蛋當宵夜呢。

▲秋茄下。馮建國、秀葦、馮頌月、侯寶、小鈴邊議論著什麼上。

馮頌月　頌陽弟，你們來了。這位就是……

馮頌陽　哦，我來介紹一下，這位是辛荑皮革公司總經理宋小荑小姐。小荑，這是我爹我娘我姐，這是侯寶，這是小鈴。

宋小蕙 各位好！

馮頌月 （親暱地拉住小蕙的手）宋小姐，你好！

秀　葦 頌陽，你怎麼不把宋小姐請到廠部？我們都等了半天了。

馮頌陽 小蕙她今天不是來正式談判的。所以，我臨時決定先帶她上家裡來了。

馮建國 （強忍住對頌陽的不滿）歡迎你，宋小姐，請坐。頌陽，官司打得怎麼樣了？

馮頌陽 多虧小蕙替我們請到一位名律師，我們啊終於勝訴了！

眾 （歡呼）好啊！

馮建國 謝謝宋小姐。

馮頌陽 要謝的還在後頭呢。爹，由於小蕙的一再努力，他們公司對我們廠已有了基本的投資意向。因此，董事長答應讓小蕙先來接觸一下。

馮建國 宋小姐，這事總要請宋小姐一力促成。

宋小蕙 馮廠長，開發「軟寶石」裘皮服裝，是目前皮革行業的一個熱門話題。其實我們的祖宗早就開發了這種服裝。聽媽說，兩千年前《詩經》裡就有這樣的記載：「羔羊之革，素絲五緎」：「羔裘如濡，洵直且候」。意思就是，羔羊皮做成的服裝又輕柔又暖和，是官紳才穿得起的高級服裝。眼下，小湖羊皮已是世界四大名皮之一，國際市場有日益看好的勢頭呢。

馮頌陽 你們想，我們這裡是小湖羊皮盛產的地方，由我們來開發這一專案，有著得天獨厚的自然條件。只要我們將這一項目迅速上馬，那我們廠肯定會立刻扭虧為盈的。

馮建國 宋小姐，請一定幫助成全這事。

馮頌陽 爹，你儘管放心，小蕙她已答應作我們的堅強後盾了。

侯　寶 宋小姐，你真是我們五涇廠的福神了！

▲馮邊柱端菊花上。

馮邊柱 （冷冷地）福神？商人吧。

宋小蕙 （大為氣惱）不錯，如果我們公司願意投資，最終目的也還是為了營利。不過，可供我們投資營利的廠家是很多的呀。

眾 宋小姐，宋總經理，你……

宋小薫　（一笑）再說，投資的決策權也不在我手裡，最後得聽公司董事長的。

眾　（失望、著急）總要宋小姐你……

馮頌陽　大家別急，他們公司的董事長就是這位總經理小姐她媽呀！

眾　（又興奮起來）請宋總經理一定說服董事長，幫我們辦成這件事。

宋小薫　（唱）馮爺爺態度冰冷有敵意，

我百思難解這其中疑。

多般是他思想老化有問題，

又看不慣城裡女孩這身瀟灑氣。

我與頌陽兩心繫，

慢計較，遇事冷靜留餘地。

包票我不敢寫，但我可以做做我媽的工作。

眾　請宋小姐一定幫這個忙。

馮邊柱　哼！（端起蒸簞進屋）

馮頌陽　（對著馮邊柱的背影）老腦筋！

馮建國　宋小姐，老人脾氣倔，請別在意。

宋小萬　（苦笑）不要緊的。

馮建國　那麼請宋小姐無論如何說服董事長，幫我們一把。

宋小萬　馮廠長放心，我一定盡力而為。我想僅僅出於商業考慮，對於這樣一宗很有前途的大生意，她也必定會感興趣的。

馮建國　（不無擔心地）不過，要是她……

宋小萬　放心吧，馮伯父！

眾　全仗宋小姐了！

▲燈暗。

第三場　情怨

▲數天後。

▲宋氏老宅外院，現為鎮文化站。

▲文化站幹部小胡指揮短工將菊花盆擺放在遊廊矮牆上。

小　胡　哎呀，這盆綠菊王擺在那張石桌上。

短　工　放這裡不一樣嗎？重得很哩，我怕砸了。

小　胡　不行，一定得放石桌上，這是人家資助單位的意思。來，我給你幫個手就行了。

（放好。短工下。小胡背著手自我欣賞。）這下馮廠長該滿意了。（下）

▲馮建國緩步上。

馮建國　今天是洽談投資專案的日子。辛荑她離別二十年後這是第一次返回故里……

（唱）又是深院重陽後，

滿地黃花滿眼秋。

宅老未知人老否？

四十年往事眼前浮。

想當年，我與辛妹都年幼，

土改後，我家分得這宅中一幢樓。

我爹他不准我到廂屋去，

說是階級陣線要牢守。

上輩的恩怨水面的油，

小男女的情誼如水底的藕。

我們同上坡地放老牛，

下溪灘，我替辛妹來梳頭。

十年相戀十年憂，
到末了她被生生逼迫走。
我是了無生氣酒作伴，
雙眉緊鎖度春秋。

▲小胡提灑水壺上。

小　胡　喲，馮廠長！今天有空來站上轉轉？

馮建國　小胡，修繕得差不多了吧？

小　胡　差不多了。謝謝廠長慷慨支助，我已按您的意思佈置妥當了，瞧，這盆綠菊王就放在這石桌上。

馮建國　（讚賞地）不錯，不錯。當年我與……哦，小胡，讓你費心了。

小　胡　哪裡哪裡，這是我應該做的。馮廠長，要不要我陪你各處走一走？

馮建國　不用了。你忙吧，我自己走走。

小　胡　好，好。馮廠長你請便；要是累了，上辦公室喝茶去。（下）

馮建國　（輕輕撫摸綠菊王）辛妹，我知道你恨我，可是你不知道，這二十年來我思你想你一片癡情從未間斷！辛妹，

（唱）我癡情猶如這綠菊苗，

寒風重霜更妖嬈。

我們廠求助投資上專案，

也許是架成渡河一座橋。

只要辛妹你肯「回窯」，

馮建國鞭打三天也不討饒。（下）

▲一陣小車喇叭聲。停車聲。宋辛蕙、宋小蕙、鍾半候、司機上。

宋小蕙　媽，剛才你帶我們去破破爛爛的鄉村小屋，這會又帶我們來這青磚重簷的大院，莫非我們不是來洽談生意，倒是來探親訪友的——喔，好漂亮一座宅院！

宋辛蕙　看來這老宅剛剛修葺，粗粗一看，還是四十年前的模樣。

鍾半候　董事長對此地很熟悉啊。

宋辛萸　小萸，不是說洽談前先上馮頌陽家嗎？馮家我不去了，你們代我該問好的問個好，我在這兒轉轉，一會直接去他們廠部。告訴我，廠部在哪？

司　機　董事長，廠部我知道，在招賢坊。

宋辛萸　招賢坊？不錯，有這麼個地方。

鍾半候　（對小萸）那麼，總經理，我們走吧。

宋小萸　媽……（見辛萸微露不快之色，只好與鐘下）

宋辛萸　（對司機）小梁，上你的車打盹吧，一會我會喊醒你的。

司　機　（打個呵欠）是，董事長。（下）

宋辛萸　（觀察四周，見石桌上菊花，驚喜地）綠菊！

▲小胡拿一張紙喚「馮廠長！」上。

小　胡　馮廠——咦，這位女士，不是本地人吧？

宋辛萸　你是？

小　胡　我是這裡文化站的。

宋辛荑　你剛才在喊誰？

小　胡　馮廠長啊。哦，他是我們這裡製革廠的廠長。修這宋家老宅，是他們廠出的資。

宋辛荑　馮建國？

小　胡　是啊是啊，馮建國廠長，可是個好人哪，對文化事業十分熱心。——女士認識馮廠長？

宋辛荑　哦，不認識，不認識，我聽說過。

小　胡　哦，對不起，女士你自己觀賞吧，這是道地的明代民居建築。我得找馮廠長去。

（下）

宋辛荑　（自語）這麼說，馮建國也在這裡？（怨恨地）馮建國，你這個混——唉！

（唱）秋菊淺淡鎖重門，

回首前塵欲斷魂。

宋辛荑一出娘胎無父親，

母女們飽受歧視度光陰。

幸喜得建國哥哥知冷熱，
總以為終身有靠度今生。
恨則恨建國的父親來干涉，
終至於我含悲離開五涇鎮。
廿年來我咬薑蘸醋倍苦辛，
趕上了好時代我事業有成志氣伸。
今日重回舊牆門，
禁不住感慨萬千熱淚滾。
綠菊啊，你渾似當年一縷魂，
宋辛荑陡然動起女兒情。

▲馮建國邊在一張紙上簽字邊與小胡說著什麼上。

馮建國　小胡，能節省就節省一點。（把紙還給小胡）

小　胡　馮廠長，那後院的太湖石……

馮建國　（發現宋半萸）辛萸！

小　胡　馮廠長……

馮建國　（心不在焉）去辦去辦。

小　胡　（欣喜地）是，是。（下）

馮建國　辛萸，是你嗎？

宋半萸　（一怔，立刻撂下臉）先生，你認錯人了。

馮建國　是你，辛妹，你終於回五涇來了。

宋辛萸　對不起，先生，我不認識你。（欲走）

馮建國　辛妹，二十年不見，你的怨氣還是難消嗎？

宋辛萸　什麼怨氣不怨氣。我不知道你在說些什麼！

馮建國　辛萸，你還是不肯原諒我。你瞧，這宋家大院我都為你按原貌修繕了。

宋辛萸　你……（啜泣）

馮建國　辛萸，二十年來我一直追悔莫及，我恨自己太軟弱太無能，也恨我爹他太固執。辛萸，

（唱）我不該屈從我爹少勇氣，
　眾人跟前拋棄你。
　害得你含悲忍辱無生機，
　險些兒水汊河中命歸西。
　多虧二嬸母女心腸好，
　救助你，腹中的孩子才落地。

宋辛荑　（忍不住）怎麼，你全都知道了？那……我們的女兒她現在哪裡？

馮建國　（唱）二嬸她嫁女馮家有條件，
　襁褓女要隨同秀葦赴喜期。

宋辛荑　那，那秀葦姐她要承受多大的壓力！

馮建國　秀葦她真是個賢慧的妻子，慈愛的母親。

宋辛荑　那，孩子她……

馮建國　她叫頌月。她自己還不知道呢！不過這孩子倒很投我們一家的緣；特別我爹，最寵愛頌月了。

宋辛荑 （突然一冷）這麼說，我得感謝你們馮家感謝你爹了？

馮建國 辛妹，你不要生氣，總是我們馮家對不起你。辛妹，這些年你受了不少的苦，我一想起你來，心裡就痛。現在你終於揚眉吐氣地回來，還不計前愆幫助我們廠……

宋辛荑 （冷笑）你不要給我抬轎子戴帽子，我沒那麼大的肚量。

（唱）說什麼揚眉吐氣回鄉來，
我卻是觸目處處傷愁懷。
說什麼不計前愆來幫助，
在商言商，經濟效益利在先。

馮建國 當然當然，怎麼能不講經濟效益呢。只要你肯投資，就是救了我們廠，說啥我們也感激萬分的。

宋辛荑 馮建國，你別來這一套，我軟硬不吃。看起來，這二十年你並無多大的長進。你以為我孜孜克克，眼睛就盯在錢上？

馮建國 （恍然大悟）你這是……願意和好了？

宋半黃 嘿，馮建國，你未免太幼稚了吧？（冷冷地）要達成投資，我有三個先決條件。

馮建國 先決條件？哪三個條件？

宋辛黃 （唱）女兒是我身上肉，
　　我要她重新回到我身邊。

馮建國 好，這是一。二呢？

宋辛黃 你知不知道，你兒子頌陽正在追求我的女兒宋小黃？

馮建國 不太清楚。

宋辛黃 （唱）我要你阻止他二人再往來，
　　我不願再與你馮家沾上邊。

馮建國 這不是生生拆散他們嗎？辛妹，你難道忍心讓他們重蹈你我當年的覆轍？

宋辛黃 你還敢提起當年！（悲淚交流）

馮建國 這，這恐怕是行不通的……

宋辛萬 那就算了。（欲走）

馮建國 （攔住辛）辛妹！好吧，讓我試試。那這三呢？

▲秀葦上，見狀避過一邊。

宋辛萬 這三麼？很簡單，

（唱）請你轉告老書記，

若要投資嘛，

動大駕，讓他親自上門來。

馮建國 （為難）辛萬，你這也太過份了。我爹他早已退休，他絕對不可能來求你的，再說，我爹的脾氣你是知道的。

宋辛萬 他還要他往日的威風？他有脾氣，別人就沒有脾氣？再見！（提腳就走）

馮建國 （慌忙地）辛妹，辛妹，你別走，我們慢慢商量嘛！

秀　葦 （攔住辛萬）辛妹！你就別難為建國了。

宋辛荑 秀葦姐！（與秀葦相抱，泣）秀葦姐，多虧你和二嬸，才有辛荑的今天；又多虧你含羞忍辱將頌月帶到馮家撫養她成人。

秀　葦 自家姐妹，有什麼好客氣的。再說，建國還是她的親爹呢。

宋辛荑 秀葦姐，請你不要再提起他！

秀　葦 只怪建國她爹對你們成見太深，建國也是沒有辦法呀。

宋辛荑 我要他還我一個道理。

秀　葦 辛妹，這二十年我暗暗觀察過老人家，其實他也有悔恨之意的。

宋辛荑 我不信。不過我……

▲頌陽、小荑、頌月、侯賓、鍾半候上。

馮頌陽 董事長，時間不早，請到廠部待茶吧。

宋小荑 媽，你說就來，人家等了你半天了。

馮頌月 小荑妹，董事長一定是有事，沒關係的。

宋辛荑 （拉住頌月的手細細審視）你就是頌月？

馮頌月 （點點頭）阿姨，您好！

侯　寶 （湊趣地）看來我們董事長跟頌月很有緣份。頌月，我發現你和董事長長得好像呵，你就認董事長作乾娘得了。哈哈！

宋小蕙 媽，我們走吧。（眾簇擁辛蕙欲下）

馮頌陽 爸，你也一起走啊。

馮建國 你們先走吧，我還有一點事，馬上就來。

宋辛蕙 （回過頭）馮廠長，我提的三個條件你別打馬虎眼。三個條件缺一個，這投資的事就算免談。

宋小蕙 媽，你們已把條件都談妥了？

馮頌陽 （對小蕙）薑還是老的辣啊！（擁辛蕙下）

馮建國 秀葦，辛蕙的三個條件都不好辦，你看這事……？

秀　葦 也難怪，她這輩子受那麼多的磨難。三個條件裡最難辦的倒是第三個，你什麼時候見爹服軟過？不過，如果爹這步工作做通，疙瘩一解開，另外兩個條件也就迎刃而解了。

馮建國　你說的有道理。那我們一起做做爹的工作？

秀　葦　難呀！

馮建國　唉！

▲燈暗。

第四場　冤聚

▲馮邊柱家院子。

▲馮邊柱、秋茄老夫妻在院子裡用竹筒軋柏子。

秋　茄　他爹，建國他們開工廠不容易，這幾年到底也為鎮上做了許多好事。眼下廠子遇到困難，你就別再埋怨他們了。

馮邊柱 你以為我老糊塗了？我何嘗不知道！只是像他們這麼搞法，天天懸著一顆心。想當年……唉，我老了，腦子怕真是跟不上形勢了。

▲馮建國夫妻上。

秀　葦 娘，拗下的柏子軋得差不多了吧？（過去幫忙）

秋　茄 差不多了。秀葦，菊花全都賣完了？

秀　葦 還沒有呢。聽說還要漲價，村裡好多人家都打住不賣了呢！

秋　茄 這麼高的價格，我已心滿意足了，還能高到哪裡去！別太貪了。

秀　葦 娘，這叫商品意識。

馮邊柱 商品商品，把人的良心都賣了。我們不能辦什麼事都鑽到錢眼裡去。

秀　葦 （嘀咕）死腦筋。錢多了還燙手？

馮建國 （扯扯秀葦的衣服）爹說得對，凡事不能光考慮錢。爹，正有一件事，要求您老人家幫忙呢。

馮邊柱 什麼事？

馮建國　廠子的事。

馮邊柱　我老頭子礙手礙腳榆木疙瘩一塊，能幫你們什麼忙！？我只能替你們瞎操心罷了。

秀　葦　（緩了口氣）爹，這事還真得要您的面子才行哩。

馮邊柱　（看看建國夫妻）莫非宋辛荑她要我上門去求她？

秀　葦　（與建國相視一下）爹不愧四十年幹部，叫爹猜著了，辛荑她……

馮邊柱　休想！你爹我活了整七十，還未生出一根低三下四的賤骨頭！

（唱）宋馮兩家勢冰炭，
要我乞求難上難。
這世上僧院寺廟多多少，
又何必認定觀音去叩拜！

馮建國　可是爹——

秀　葦　（唱）說什麼宋馮兩家勢冰炭，
也該問這冰炭之由如何來。

聽娘說，你和宋槐庭曾結拜，
名為主僕情同手足非一般。
只因他賺了你的未婚妻，
才使你將多年的情份一腳踩……

馮邊柱 你，你……太放肆了！

秀　葦 （唱）就算他宋槐庭欠下你的債，
也不該在孤兒寡母身上去討還。

馮邊柱 你懂個屁！這是個人恩怨嗎？這是階級……鬥爭。

秋　茄 鬥爭鬥爭，我一聽這兩個字心裡就發毛。難道造反派把你鬥得還不夠慘嗎？

秀　葦 （唱）你不該處處給辛荑妹妹穿小鞋，
大小事兒全刁難。
你不該生生將她與建國來拆散，
害他們鴛鴦分離苦難言。

若不是我娘巧遇將她救，
她早已水汊浜裡赴黃泉。
如今她屏棄前愆來投資，
難道你面對她作個姿態還不應該？

秋　茄　秀葦說的句句在理，老頭子，你就給人家賠個面子算了。

馮邊柱　哼，你們倒替外人編派起我的不是來了！

馮建國　爹，仔細想來，對辛莢到底是我們虧待了人家啊。

秀　葦　爹，這恩恩怨怨的陳年老帳，難道你不想有個了結的時候？這一次人家主動回來，可是一個難得的機會呀！

馮邊柱　她這叫主動嗎？

馮建國　爹，那你要人家怎麼樣呢？

馮邊柱　（唱）一席話說得我左右為難，
我豈是少心肝常推歪牌。

宋槐庭虧待我姑且不談，
辛荑女實無辜理應善待，
弄不清這恩怨結究從何來？
黨教導不唯成分要分皂白，
面對辛荑我應汗顏，
為工廠，我理當上門去賠罪。

秀　葦　爹，這世上恩恩怨怨也難說清。只要你肯後退一步，怨說不定就會化成恩了。你不知道，頌月她——

馮建國　（扯秀葦）頌月她們怎麼還不回家，也該下班吃午飯時候了。（使眼色）秀葦，走，吃蒸番薯去。（與秀葦同下）

▲頌月、侯寶上。

馮頌月　爺爺奶奶！

秋　茄　哎。頌月，肚子餓了吧？

馮頌月　肚子有點餓了。爺爺，你今天好像有點不大高興，什麼事又讓你生氣了？

馮邊柱　（強笑）沒有啊。我這不是很高興嗎。頌月，生活吃力吧？有沒有累著？

馮頌月　不累。只要爺爺成天高高興興不生氣，生活再吃力我也不覺得累！

馮邊柱　真是爺爺的好孫囡。

馮頌月　爺爺，你看侯寶給你弄什麼來了？

侯　寶　爺爺你看！（從背後拿出一小動物）

馮邊柱　刺蝟！（笑）爺爺還真好久沒嚐這野味了。

秋　茄　來，讓我收拾去。（欲接過刺蝟）

侯　寶　（躲避）奶奶小心刺著。還是我幫你一起收拾吧。（與秋茄同下）

馮頌月　（坐下幫軋柏子）爺爺，到底啥事讓你生氣了？

馮邊柱　沒有啊。

馮頌月　爺爺，你瞞不過我的眼睛。說出來頌月替你排解排解。

馮邊柱　（歎口氣）還不是為廠子的事！你爹媽要我出面去……去，去跟人家談。

馮頌月　那自然是爺爺有能耐了。你在這鎮子上當了幾十年書記，人家就買你的帳嘛！

馮邊柱　什麼買帳不買帳，人家這是……唉！

馮頌月　爺爺，看在頌月份上，你就為工廠辛苦一趟吧。

馮邊柱　看在我孫囡份上，我就……（對屋內）建國！

▲建國邊吃番薯上。

馮建國　啥事，爹？

馮邊柱　（冷冷地）她住在哪裡？

馮建國　誰？——哦，她住在文化站。

馮邊柱　宋家大院？

馮建國　爹，是文化站。爹，要不要我陪你去？

馮邊柱　誰說我要去了？

馮頌月　爺爺！

馮邊柱　（對頌月）吃番薯去吧，讓爺爺再想一想。

▲頌月還要說什麼，叫馮建國制止，兩人一同進屋。

▲馮邊柱在石凳上坐下，掏出煙來抽。沉思良久，把煙摁滅，起身出院。

▲這時宋槐庭偕春韭上，正好與邊柱撞個滿懷。

宋槐庭 請問，這兒是馮邊柱先生的家嗎？

馮邊柱 你是誰？

宋槐庭 （老眼迷離）你是……

春　韭 邊柱哥！

馮邊柱 你是槐庭？

宋槐庭 （激動地）邊柱兄，是我，是我啊！老了，我們都老了。四十五年，我們有整整四十五年沒有見面了！

馮邊柱、宋槐庭、春韭

（唱）四十年親仇睽隔兩迷濛，
想不到烏飛兔走又重逢。

世事如煙難逆料，
由來好似一場夢。

馮邊柱（唱）見槐庭態度誠懇貌謙恭，
反勾起我四十年前舊創痛。

宋槐庭（唱）年輕時欠下的情份心虧空，
到老來仍倩情字去溝通。

春　韭（唱）但願得化解怨仇如冰溶，
宋馮兩家六親四眷沐春風。

宋槐庭　邊柱兄，這幾十年你好嗎？一定是家業興旺，兒孫繞膝了吧？

馮邊柱（冷冷地）多謝你還記掛我，想想真叫人臉紅！

春　韭　邊柱哥，槐庭確有對不起你的地方。可要說對不起，我就更對不起你了。

馮邊柱　春韭，你……

宋槐庭　邊柱兄，這幾十年我和春韭的確很記掛你。我們這次回來，就是要來還你這份情。

春　韭　同時，有些事情我也該跟你說說靈清。

馮邊柱　還情我受不起，說清我沒興致聽。再說這世上公說公有理婆說婆有理，有幾樁事兒是嘴巴說得靈清的？

春　韭　邊柱哥，你——

槐　庭　（擋住春韭）邊柱兄，總是我對你不起。事情過去四十多年，如今我們都老了，只好要請你邊柱兄海涵了。邊柱兄，

（唱）我與你同年同月同日生，

從小就相依相偎有情份。

雖然是我家富來你家貧，

馮邊柱　（唱）你卻是從未將我當下人。

宋槐庭　（唱）省雨軒你我伴讀在清晨，

馮邊柱　（唱）夕陽裡，我與你放牛在河濱。

宋槐庭　（唱）添鞋襪，我必定鬧著要雙份，

馮邊柱　（唱）嚐新菱，我替你留下鮮又嫩。

宋槐庭　（唱）長大後，我到城裡辦事情，

馮邊柱　（唱）我必定步步不離跟隨行。

宋槐庭　（唱）做活計，我不許你辛勞到更深，

馮邊柱　（唱）算夜帳，我為你煎來蔥油餅。

宋槐庭　（唱）我與你曾對日月設誓盟，

馮邊柱　（唱）卻不料生分終為一女人！

宋槐庭　邊柱兄——

春　韭　（擋住槐庭）邊柱哥，你若要責怪就責怪我好了。可是，邊柱哥，

（唱）我與你婚約全由父母定，

說真話，我對你同情有餘少愛情。

那一年我父突然得急病，

不顧羞，我親到宋府將你尋。

你也是手握空拳無主張，
多虧了熱肚熱腸的宋槐庭。
他連夜坐船進城去，
請來名醫把脈診，
一連七天不放行，
我的父終於脫險撿了命。
如這樣解救窮人的好心人，
我私心欽敬萌愛心。
說報恩非報恩，
說不報恩也報恩。
邊柱哥啊，
我毀約不與你成親，
你要恨只該將我一人恨。

四十年暮雲春樹將你念，
就盼著你們兄弟恢復當年情。

馮邊柱　（唱）聽罷春韭一番話，
我低下頭來自反省。
當初我獨對春韭太癡情，
今才知她對我感情實平平。
我以為窮配窮親心貼心，
卻不道人情也難全用階級分。
四十年積怨理該化煙雲，
只是我臉老不肯陰轉晴。
春韭，我……

▲頌陽、小蔑上，直奔廚房。

馮頌陽　（嚷嚷）奶奶，奶奶，肚子快餓扁了！

▲秋茄：「來了！來了！」上。

秋　茄　頌陽，小萁，你們回來了。快跟奶奶進屋，小萁愛吃的紅心番薯奶奶熱在鍋裡呢！

▲頌陽拉小萁進屋，秋茄欲跟進。

宋槐庭、春韭　秋茄妹！

秋　茄　你們是……

春　韭　我是你姐春韭呀！

秋　茄　你是我親姐姐春韭？

春　韭　是呀是呀，秋茄妹妹！

秋　茄　（激動地）姐姐！（兩人相擁）

秋　茄　姐姐，你跟著姐夫離開五涇，一去就是四十五年，爹臨終時高喊著你的名字……

（泣）

春　韭　（傷心地）我對不起爹，我違拗他老人家……

秋　茄　所以爹又把我給了邊柱。好了，不說了，不說了，今天你們不是回來了嗎？

春　韭　這幾年我們一直設法跟你們聯絡，可怎麼也聯絡不上。最近通過台聯才打聽明白，這不，就急匆匆跑回來了。

秋　茄　回來好，回來好。（對邊柱）老頭子，還不快招待姐姐、姐夫進屋！

宋槐庭　邊柱兄還在生我們氣呢。

秋　茄　哪裡話，哪裡話。老頭子，不要小雞肚腸了。我勸你勸了四十幾年，就算是塊石頭嘛也該勸軟了。

▲這時頌陽小蕙從屋裡出來。

馮頌陽　（咬著紅薯）爺爺，聽說你同意去見小蕙她媽了？

馮邊柱　（不覺又氣上心來）我幾時同意了？好快的耳報神啊！

宋槐庭　小兄弟，什麼事又惹你爺爺生氣呢？

馮頌陽　你這位老先生是誰？

秋　茄　哦，頌陽，他們就是我時常跟你們提起的我那在台灣的姐姐姐夫。你就叫槐爺爺春韭奶奶吧。（對槐庭夫妻）這是我孫子，名叫頌陽，是我們五涇製革廠的副廠長。

馮頌陽　槐爺爺，春韭奶奶，你們好。

宋槐庭　好，好。（摟住頌陽，對小蕙）這位姑娘好生面善啊。

馮頌陽　槐爺爺說笑話了。您怎會見過她？她是我的……女朋友，是省城一家皮革公司的總經理。她叫小蕙。（對小蕙）叫槐爺爺。

宋小蕙　（大方地）槐爺爺，春韭奶奶。

春　韭　（一把攬過小蕙）好叫人疼愛的姑娘喲！

秋　茄　（對內）建國、秀葦、頌月，你們快來！

▲建國等上。

秋　茄　來，給你們介紹一下。這是我兒子、兒媳和孫女頌月。（對三人）這就是台灣來的槐爺爺和春韭奶奶。

馮建國、秀葦　槐姨夫，春韭姨媽。

馮頌月　槐爺爺，春韭奶奶。

宋槐庭　頌陽，你好像有什麼事求你爺爺吧？可否說與我聽聽，看槐爺爺能幫上你忙否？

馮頌陽 我們五涇鎮八年前辦起了製革廠，近來遇到了一些麻煩，主要是想新上一個專案……

宋槐庭 好啊，什麼專案呢？

馮頌陽 「軟寶石」裘皮服裝生產線。

宋槐庭 就是小湖羊皮？

馮頌陽 是啊。槐爺爺也知道？

春　韭 你槐爺爺幹的就是這一行。他是台灣宋氏皮件公司董事長呢。

馮頌陽 （興奮地）是嗎！

宋槐庭 這麼說，我們是同行囉。小羊皮裘皮服裝，自古就是我們的國寶之一，《詩經》裡說……

馮頌陽 「羔羊之革，素絲五緎」……

宋槐庭 「羔裘如濡，洵直且侯」。哈哈哈哈！頌陽，看不出你在這方面還挺有研究的。這小湖羊裘皮服裝，目前國際皮服市場日趨看好，我也早有開發此專案的興趣，只是小湖羊皮只有我們家鄉才是盛產，所以我此次回鄉的另一個目的，就是想在家鄉投資開發這一專案。

馮頌陽　那太好了！我們……

宋槐庭　在大陸，上此專案大約需要多少投資？

馮建國　槐叔，少說怕也得百十萬元吧。

宋槐庭　我想大概不會有問題的。

馮頌陽　好是好，只是……

宋槐庭　還有什麼問題？

馮頌陽　只是我們已與辛荑皮革公司接了頭。

宋槐庭　這在商場上也很平常，公平競爭嘛。

馮邊杜　不行！

馮建國　爹，為了廠子……

馮邊杜　不行。我說不行就是不行。

秀　葦　爹，你剛才不是答應去見辛荑妹妹嗎？要不，接受槐姨夫的也一樣啊。

宋槐庭　辛荑，她……是誰？

馮邊柱　誰？你難道這麼健忘，辛荑二字還是你臨走撂下的。

宋槐庭　我的女兒？她現在何處？

馮建國　巧得很，她今天也在這裡，在你們宋氏老宅。

宋槐庭　辛荑，爸爸對不起你！（抬身欲走）

秀　葦　（攔住槐庭）槐姨夫，你這樣冒冒失失去找她，恐有不妥吧？

宋槐庭　（站住）這……

▲侯寶上。

侯　寶　馮廠長，菜都已準備好了，要不要馬上開飯？

秀　葦　槐姨夫，還是先吃飯吧。你四十年都等過來了，還在乎這一時半刻？

▲眾伴槐庭夫婦下，只剩下小荑和邊柱。

宋小荑　爺爺，難道他真是我外公？

馮邊柱　（走到小荑身邊）孩子，他的的確確是你的外公。唉！

▲燈暗。

第五場　親仇

▲宋氏舊宅內院。正中為戟門，一側為原書房「省雨軒」。

▲宋小蕙從戟門上。

宋小蕙　（唱）外祖父突然回故鄉，

他要來尋訪女兒我的娘。

媽媽她心中無父恨滿腔，

驟然見面要弄僵。

待我先去告訴媽媽，也好讓她有個思想準備。媽！媽！

▲宋辛蕙捧一本書從省雨軒出來。

宋辛蕙　小蕙，你慌慌張張的，有什麼事嗎？

宋小蕙 媽，外公回來了！

宋辛蕙 小蕙，你瞎說些什麼。

宋小蕙 真的，真是外公從台灣回來了，我親眼見的。

宋辛蕙 哦？

宋小蕙 他長得可像你了。要不是頌陽他媽擋住，他立時就來找你了。

宋辛蕙 我不見。（轉身回屋）小蕙，我們馬上回城。

宋小蕙 娘，你的成見好深啊！

（唱）外公他慈眉善目很斯文，

不像是無情無義的浪蕩人。

剛才他口口聲聲說愧對你，

好像其中有隱情。

從來父子是天性，

地北天南也感應。

宋辛荑 （唱）慚愧二字值幾斤？

當年他拋撇妻兒少良心。

現在我四十年風雨已成人，

他口輕撣撣說要認親就認親？

小荑，你未深受他給你帶來的災難，你沒有切膚的感受。走，我們馬上離開這裡。

宋小荑 那，投資的事……

宋辛荑 擱一擱再說。

宋小荑 我聽說外公也要來投資呢。他是台灣什麼宋氏皮件公司董事長。

宋辛荑 （一怔）哦？有這樣的事？

宋小荑 （故意）要是外公他投資成功，你的那一口惡氣就出不成了。

宋辛荑 小孩子家盡說瞎話，誰說我投資是為了出氣？

宋小荑 媽，我已不是小孩子了。

（旁唱）媽媽她借重投資做文章，

宋小蕙我要在這文章之中翻花樣。
倘若她與邊柱爺爺芥蒂釋，
我與那頌陽的婚事就順暢。
現在是外公跑來戳一槍，
且看她復仇湖中怎舉槳！
媽，既然如此，那聽你的，我們回城。

宋辛蕙 慢！小蕙，你讓我想一想。
（旁唱）我本當葫蘆灣裡下釣絲，
不怕他餓極的黑鯉不吞噬。
忽然間半路殺出個程咬金，
計畫打破勝券難握要贏變輸。
宋槐庭，
你砸爛舊碗又破新瓷，

我與你五涇鎮上決雄雌！

小蕙，我們不回省城了。

宋小蕙 跟外公爭奪？

宋辛蕙 小蕙，你別外公外公的。他不是你外公。

宋小蕙 不錯，商場如戰場。在商場上是六親不認的，何況你們是一對反目的父女。

宋辛蕙 小蕙！……不要瞎說。哦，我有點不舒服，我要去休息一下。

（進屋）

宋小蕙 （望著辛蕙背影，笑）我媽她又要在腦子裡頭擺戰場了。我也得去找頌陽合計合計。（欲下）

▲宋槐庭上。

宋槐庭 辛蕙！辛蕙！我的女兒！（見小蕙）小蕙姑娘，你也在這裡。你們董事長她在不在？

宋小蕙 她在休息。

宋槐庭 （焦急，踟躕，終於下決心）我找她去。

宋小蕙　哎哎，你進去不得，事情要弄僵的。

宋槐庭　你也知道我們家的事？

宋小蕙　我能不知道嗎？她是我媽。

宋槐庭　什麼，她是你媽？（自語）辛蕙，小蕙，不錯不錯，那你是我的……

宋小蕙　外公！

宋槐庭　哎！我的寶貝外孫女！（摟住小蕙）小蕙，你媽她非常恨我。唉，說起來都是外公不好，害你媽吃了不少苦。可當年，我也是不得已呀。現在我不知道要怎麼樣，才能求得她的原諒。

（看看四周）四十多年了，這屋子還是當年模樣。

▲宋辛蕙上。

宋辛蕙　（冷冷地）看著這舊居，真不知該作何感想！

宋小蕙　（悄悄地）外公，她就是我媽。

宋槐庭　辛蕙，我的女兒！

宋辛荑 口稱女兒，你是何人？

宋槐庭 我是宋槐庭，你的親爹呀！

宋辛荑 我沒有爹，也不認識什麼宋槐庭！

宋小荑 媽，外公他……

宋辛荑 多嘴！什麼外公內公，我不認識他。

宋小荑 媽，你就……

宋辛荑 ……（提起腳來要回屋）

宋槐庭 （長歎一聲）辛荑，我是沒臉見你。可是你到底是我的一脈骨血啊！（悲泣）

宋小荑 （扶住槐庭）外公！

宋辛荑 （唱）望老人殘年有如風中燭，
怎又禁他老淚縱橫襟上落。
我雖然半生坎坷情淡漠，
見此狀，百孔心也繫上秋千索。

宋槐庭　辛兒，我不怪你怨恨爸爸。可爸爸不能不愛你啊！

宋小萬　媽，你不是也常常牽掛著姐姐，在尋找她的下落嗎？你怎麼就不能體諒外公的心情呢？

宋辛萬　既如此，你當年怎麼這麼狠心，忍心拋妻棄子，帶著另一個女人私奔呢？

宋槐庭　這的確是我的不好。可是辛兒，你也從年輕過來，你應當懂得年輕人的心。辛兒，

（唱）面對著，舊家院，我心潮起伏，

事悠悠，情悠悠，歷歷在目。

我宋氏世代農商不廢讀，

詩書傳家家富足。

皮毛行五涇鎮上百年號，

我總嫌經營單一少開拓。

你祖父為我擇妻王氏女，

我倆是同床異夢感情薄。

我是事業難施展，

襟懷常落寞，
企盼著一飛九霄長空搏！
遇春韭恰似訪蘭到幽谷，
離故地，從此雙飛無拘束。
我夫妻漂泊半生事業成，
到暮年，思鄉總覺心殘缺。
為補過，相扶重回五涇來，
辛荑兒，萬望你要體諒我老人情半斛！

宋辛荑 你不用說了。你不知道，你們走了之後，爺爺一氣成病；而我，一落娘胎就失去父愛。母親她既要侍奉爺爺，又要撫養幼兒。後來爺爺去世，土改到來，那一場本該由你承受的風暴，全都落到她一個弱女子身上。等到我剛一成人，娘就積鬱成疾，淚盡而逝。臨終她還心心念念地盼著你回來。可你……（泣）

宋小荑 （悲泣）媽媽！（撲到辛荑懷裡）

宋槐庭　湘綺，我對不起你，我對不起你啊！

宋辛荑　這幾十年，我一個地主的女兒，在政治上飽受歧視，甚至連戀愛、婚姻的權利也被生生剝奪。因為這，我還差一點葬身魚腹。這一切，不都是因為你嗎？

宋槐庭　（捶胸頓足）全是我的錯，全是我的錯啊！

宋小荑　外公，（又扶住槐庭）你別太難過了。

宋槐庭　現在幸蒙大陸改革開放，我們父女終於團圓。辛兒，在大陸不是有一句很好的話，叫與時俱進嗎，我們總要與時俱進才好啊。

宋辛荑　話雖不錯，可是，我得對我這幾十年的不幸遭遇討還一個公道吧？

宋槐庭　辛兒，錯我全都認了，莫非你還要你老父親下跪不成？也罷，是我種下的罪孽我自己來償還，我，我就給你跪下了。（欲下跪，叫小荑拉住）

宋小荑　外公，媽是說要向馮家爺爺要還公道呢。

宋槐庭　別別別。我還欠馮家許許多多情呢！（又要下跪，叫小荑拉住）

宋辛荑　你不用摻和進來。

（唱）橋歸橋來路歸路，
　各人吞吃各人果。
　馮邊柱他石頭船上吃了虧，
　不該在豆腐鋪裡掄板斧。
　我要他把理兒與我說清楚，
　為什麼我一落娘胎就受折磨？
　為什麼他時時處處鉗制我？
　為什麼他拆散鴛鴦致我死地無生路？

宋槐庭　那你打算通過何種途徑討還這公道？

宋辛萸　我要在投資「軟寶石」專案上做文章。我要他親口求我，這樣，我就取得了與他平起平坐的談話資格。

宋槐庭　這……方才我已經答應投資了。

宋辛萸　（氣憤地）你！你怎麼可以跑來亂插一槓子？

宋槐庭　不過，邊柱他沒有同意。

宋辛荑　好，很好。那你就別管這事了。

宋槐庭　可是……可是這也是我補過的一次極好機會呀。

▲侯寶上。

侯　寶　（對辛荑）宋董事長，我們老書記同意出面跟你洽談，只是地點由他選擇。

宋辛荑　怎麼，還擺他的臭架子？（冷冷地）在哪裡？

侯　寶　水汊村，茄奶奶娘家。

宋槐庭　你茄奶奶娘家還有什麼人？

宋辛荑　怕早已無人了。

侯　寶　有，怎麼沒有？我就是啊。我是她老人家表表表三表外的表外孫。

▲燈暗。

第六場　和合

▲水汊村春韭秋茄娘家。

▲春韭秋茄在收拾院子。桌上放滿了瓜子、蜜錢、水果。

秋　茄　姐姐，你在外面這麼多年，幹起活來還這麼利索。

春　韭　五涇人嘛。不管住在香港，還是住在台灣，不管打工，還是成了老闆，我們的根在五涇啊。茄妹，

（唱）泥人土性釘煞秤，

天涯海角難忘我五涇鎮。

當時節年輕單憑一時性，

離血地，好似燕飛一身輕。

在香港，我夫妻打工立住身，
幹本行，皮毛行中苦經營。
去台後，生意越做越興盛，
只可惜我未能為他添個丁。

秋　茄　那他不會討個小的？這在台灣是許可的吧？

春　韭　唉！茄妹，不怕你笑話，我倒是認真勸過他的，可他不願意。

（唱）他說道妻妾相處定然有矛盾，
弄不好生意場中要立不穩。
他說道子嗣小事情，
事業情份最要緊。
臨到白頭才感受深，
無子女未免身後太淒清。
因此上樹高千丈要歸根，

回來大陸覓故親。

秋茄 哦，我明白了。這次你們回來，主要是尋女來了。

春韭 茄妹，自家姐妹，我也不用瞞你。我們這次回來，

（唱）一來是給邊柱哥哥賠不是，

二來是想為家鄉辦點事，

三來是尋訪他前妻和孩子。

我們在台灣的產業總得有個繼承人啊，所以槐庭他很看重今天的各方會面。

茄妹你要好好幫我莫差池。

秋茄 姐姐，放心吧，我會的。

▲侯寶背了許多蔬果食品，一手擒了兩隻小羊羔上。

侯寶 茄奶奶，茄奶奶，東西採辦回來了。

秋茄 小寶，你拎兩隻小羊幹啥？

侯寶 我聽說，兩位董事長全都愛吃紅燜小羊肉。

秋　茄　把你機靈的！好，我幫你收拾去。（與侯竇下）

▲邊柱喚「秋茄！秋茄！」上。

馮邊柱　哦，春韭，是你。秋茄她……

春　韭　茄妹上灶屋收拾菜蔬去了。

馮邊柱　哦。（朝內）秋茄，秋茄！（欲下）

春　韭　邊柱哥。

馮邊柱　有事嗎，春韭？

春　韭　邊柱哥，我想跟你談談，成嗎？

馮邊柱　（半尷尬半怨恨地）談談？我們之間還有什麼可談的？

春　韭　邊柱哥，我要再次說聲對不起，請你不要惱恨槐庭了。

邊柱哥，

（唱）槐庭他一生坎坷受盡苦，

到老來無有後輩奉翁姑。

我們是年已七旬少前途，
晨昏間閻王招手就上路。（泣）

馮邊柱 春韭，你別傷心，我不計較他就是了。

春　韭 當真？

馮邊柱 當真。

春　韭 （唱）只要你過去的事兒一筆勾，
夕陽裡，我兩家言歸於好致中和。

▲頌陽小萬陪宋槐庭上。

宋槐庭 （對春韭，感慨地）春韭，記得吧，當年我倆出走，就是從這裡起步的。

春　韭 （制止槐庭）你呀！

宋槐庭 （掩飾地）哦，邊柱兄，你已經先到了。

馮邊柱 （不快地）隨便坐吧。

宋槐庭 （有些受寵若驚）謝坐，謝坐。

▲秀葦提水壺上。

秀　葦　槐姨夫來啦。（沖茶）聽說您愛喝紫筍茶，這是特地讓人從吳興帶來的。

宋槐庭　真周到，真周到。謝謝，謝謝。（忽然想到）你們怎麼知道我愛喝紫筍？哦，是你春韭姨媽告訴你們的吧。

秀　葦　不是的，是公公告訴我的。

宋槐庭　（激動地站起）邊柱兄，你真的已經寬恕我了？

馮邊柱　你喝喝看，比當年的紫筍味道如何？

宋槐庭　（喝一口）不錯不錯，比四十年前味兒更醇了。噢，邊柱兄，我有句話要先說在頭裡，我那小女，她對你有些成見，一會兒她要是言語之間有些衝撞，萬望你總要看我的薄面擔待她三分。

馮邊柱　可是我的脾氣也不好，倒是無人肯擔待我啊。

馮頌陽　爺爺！（扶住邊柱）

馮邊柱　（拍拍頌陽肩頭）好好好，不說了，不說了。

▲頌月、鐘半候、建國陪宋辛荑上。

▲眾人招呼辛荑坐下，談判形勢擺成。

馮建國 今天請各位到此主要是敘敘鄉情。宋老伯四十多年未歸故里，辛荑女士也有二十年沒回五涇了。再則，你們父女相會，也是一件喜事。我代表我們全家，代表我們廠，也代表鄉親們，向你們表示熱烈的歡迎！（眾鼓掌）來，大家隨便一點，喝茶，嗑瓜子，談家常。等歇，一桌五涇風味的酒菜，臭豆腐，羔羊肉，杜搭酒，為二位洗塵接風！

宋辛荑 你們這是拉家常啊？（起身）那，我就恕不奉陪了。

馮建國 （慌）辛荑，辛荑，你別生氣，有話好說，有話好說嘛！

宋小荑 媽，建國伯父這開場白是打圓場的說法呀。

宋辛荑 打圓場？哼，他就只會打圓場。就因為愛打圓場，這才把他自己和別人一生的幸福打掉了。你們愛聽這圓場話，對不起，我不愛聽！（欲走）

宋槐庭 辛兒！生意場中不是講和氣生財嘛。你不要……

馮邊柱　（冷冷地）你們不用攔阻，宋小姐她愛走就走。只可惜老漢我一肚皮的委屈怨恨，缺少一個最最要緊的聽眾了。

宋辛荑　（不由停步）你有怨恨？你有委屈？我倒要聽聽，你有什麼怨恨！你有什麼委屈！

馮邊柱　好，你聽著，

（唱）我馮家祖祖輩輩打長工，

幾代人血汗耗盡在宋門中。

春天裡插秧看蠶把菜種，

夏天裡車水耘田汗水沖，

秋天裡割稻拗桕蒸菊花，

冬天裡修匾舂米做酒打糕也無空。

四季農活忙不停，

還要在皮毛行裡打雜工。

宋槐庭雖然待我有情份，

畢竟是地主長年心難通。
有時他稍不稱意就耍脾氣，
我只得忍氣吞聲有淚強自落肚中。
四九年他竟然奪走我未婚妻，
害得我氣急成病險送終。
多虧來了恩人共產黨，
黑夜過去太陽紅。
馮邊柱雖然翻身作了主，
難排遣這奪妻之痛痛徹胸。
槐庭他遠走他鄉我恨難消，

宋辛荑　（唱）因此你將替罪的羔羊來作弄。

宋邊柱　他奪人妻子，你叫我如何不恨？

宋辛荑　說得好！那你怎麼又轉身去剝奪別人的幸福呢？

（唱）宋辛荑一落娘胎無父親，
我與他一無瓜葛如陌路人。
為什麼他的罪孽要我來頂？
為什麼我平白無辜受欺凌？
知青返城你壓制，
又生生割斷我與建國的苦戀情。
若不是二孀母女心腸好，
我早成水汊浜裡一冤魂。
你說說看，你這樣做，
到底公平不公平？

宋小荑 （撲到辛荑懷裡）媽媽！

馮邊柱 （又急又氣又愧又悔）我……

馮頌月 （扶住邊柱，對辛荑）那，那總是我馮家受你宋家的苦楚要多，我爺爺他才會……

秀　葦　（忍不住）頌月，你知道她（指指辛荑）她是誰嗎？

馮頌月　（不無諷刺地）誰？不是宋家大小姐嗎！

秀　葦　她是你生身的娘親！

馮頌月　（一驚）什麼？她是我親娘？（搖頭）不，不不！（撲到秀葦懷裡）娘，你騙我，你才是我的親娘呢！

秀　葦　（撫摸頌月）孩子，我沒有騙你，你是你爸和辛荑媽媽所生，是由我把你帶回馮家的。

馮頌月　（掙開秀葦，撲到邊柱懷裡）爺爺，爺爺，這到底是怎麼一回事啊？娘她今天怎麼說起胡話來了！

馮邊柱　（拍拍頌月）孩子，你娘沒有說胡話，她的確是你的親娘，打從你隨你秀葦娘到馮家，我就知道了。不過我們全家都守著這個秘密，誰也不肯說破。

馮頌月　爺爺，爺爺，這不可能，這不可能……（哭）

馮建國　辛荑，看在我們全家把頌月扶養成人的份上，你就原諒我爹吧。他最最疼愛的就是頌月了。

宋辛荑 （對頌月）孩子，我苦命的孩子！

馮邊柱 （對頌月）孩子，去，去認你的生身母親。

馮頌月 （猶豫再三撲向辛荑）媽媽！（母女抱頭痛哭）

秋　茄 辛荑甥囡，我告訴你吧，其實老頭子他早就後悔了。二十年來，他一直在打聽你的消息，還暗中挽人託城裡的五表舅相助於你。得知你在城裡站住腳跟，後來又事業有成，他這個從不信鬼神的人也念起了阿彌陀佛呢！只是死老頭子向日葵的梗子心軟節不軟，總是抹不開臉來尋你。辛荑甥囡，總要你們做晚輩的擔待他三分才好啊！

宋辛荑 （激動地）邊柱叔！（奔向邊柱）

馮邊柱 辛荑甥囡！（兩人相擁）辛荑甥囡，

（唱）人心都是肉長成，

鐵鎖銅裹也情難禁。

皆因我從小受的苦楚深，

對富人胎裡帶來一段恨。

槐庭奪妻我心受傷，
仇結仇怨深一層。
看起來父債子還是陋習，
我不該復仇火燒向你無辜人。
風聞你水汊河裡險喪生，
我好比猛然挨了一悶棍。
可是我四十年滿面蓋的是金剛印，
未能夠一朝服軟去屈尊。

宋辛黃 （唱）所以你暗中伸手來幫襯，
才使我立住腳跟事業成。
邊柱叔啊，
要感謝好時代，改革開放，打開國門，發展經濟，
精神文明，

人與人隔閡消除天地新。
從今後鄰幫鄰來親幫親，
為國家，我們心心相印去報大恩！

宋槐庭 好了好了！前愆盡釋，天寬地闊，我們就該商量正事了。

▲侯寶上。

侯　寶 紅燜羔羊已經燒好，杜搭酒已經溫好，我看還是先上席，後議事，怎麼樣？

眾 對對對，先上席，後議事。

馮邊柱 （執槐庭手）槐庭哥，五涇鎮的紅燜羔羊肉，你可是最愛吃的呵！

宋槐庭 今天的羔羊肉一定更加鮮美！

馮邊柱 我們哥兒倆今天要吃他個一醉方休？

宋槐庭 當然，當然，一醉方休！

春　韭 槐庭，你的高血壓……

宋槐庭 放心，今日一醉啊，我這高血壓就不高了。哈哈哈！（與邊柱、春韭、秋茄下）

馮建國　辛荑，我們也好好地乾幾盅！

宋辛荑　（一手挽秀葦，一手挽頌月）秀葦姐，我們也吃一個不醉不休。（回眸朝建國一瞟，下。侯寶也追隨頌月下。）

馮建國　（抓抓頭皮）辛荑，辛荑，我要和你連乾十盅！（追下）

宋小荑　頌陽，你看你爸，簡直像個孩子。

馮頌陽　是嗎。（拉住小荑親一口）小荑，我們倆的事，看來是鐵板上釘釘穩篤篤了！

宋小荑　（故意）那也不一定，或許我變卦了呢！

馮頌陽　（迷惑地）變卦？

宋小荑　除非你……

馮頌陽　除非什麼？你快說！

宋小荑　除非你連乾十盅。嘻嘻嘻……

馮頌陽　連乾十盅？小意思。今天我啊，要喝他一個河涸海乾！哈哈哈……

▲幕後合唱：

恩怨相克也相隨，
恩中怨，怨中恩，恩怨難分錯與對。
都只為歷史提供了好機會，
才使得砍去蒺藜栽春梅。
喜惠風駘蕩祥和歸，
神州處處風光美。

▲劇終。

編劇後記

以階級和階級鬥爭的觀點來看待一切，是大陸幾十年來主宰人們的思維模式。在這樣的思維模式下，人性遭受到了空前的扭曲和戕害。上世紀八十年代實行改革開放，固有的思維模式被打破了，人性觀念開始復甦；民主博愛，與人為善，將心比心，這些美好的詞語，像駘蕩的春風重新在人間吹拂。緣於這樣的現實啟示，作者寫下了這樣一個故事：兩家三代數十年的恩怨情仇，終於在一個特定的時代節點上得到了釋放和諒解。

〔劇本入圍第二屆浙江《改革之光》劇本徵稿大賽〕

佛心日月樓

四場話劇

人物表

現實中人：

豐子愷

俞雲階

豐一吟

周穎南

小吃攤攤主

《緣緣堂續筆》中人：

歪鱸婆阿三

阿慶

俞秀英

癩六伯

童年豐子愷

朱先生

酒保

時間　一九七〇年代

第一場

▲上海，豐寓日月樓附近的一條弄堂。

▲舞台左側一堵住宅樓的牆體，牆上貼著凌亂斑駁的標語和大字報。舞台右側是一個小吃攤，攤前放兩張矮桌和幾個凳子，兩三個人正圍著桌子吃早點。

▲幕啟時，天色晦暗陰沉。

▲畫外豐一吟的聲音：

「我又回到了日月樓。日月樓早已人去樓空。可是這兒的一草一木分明還留存著爸爸的氣息，前樓、陽台還隱約可見爸爸的身影，樑上柱頭縈繞著爸爸的聲音。

「星河界裡星河轉，日月樓中日月長。多麼熟悉的聲音！星河永遠在轉動，日月綿綿無盡期。爸爸，爸爸，你在哪裡，你在哪裡啊……」

▲大螢幕根據劇情展現出一組畫面：

1「牛棚」，四壁下席地而坐的「牛鬼蛇神」。兩個戴袖章的造反派押著俞雲階進來，將他拽到一個空開的位子上坐下。他一抬頭，看見對面盤腿而坐的銀髯老者，那是豐子愷。豐朝他點頭微笑。

2「牛鬼蛇神」們在捧讀《毛選》中的〈敦促杜聿明投降書〉。

3豐子愷雙目微闔，喃喃默誦。

4一位老者被打得鼻青臉腫從門外推進來，因為他背不出那篇「最高指示」。

5離開「牛棚」，有人將掛在脖子上的牌子摘下；豐子愷沒摘，一任其在胸前飄蕩。

6二六路電車上，豐子愷掛著牌筆直地站著。周圍幾個人圍著他起鬨，他一手攥緊車頂扶桿，眼睛定定地望著窗外，不予理會。

▲豐子愷拎一個舊提包由舞台左側慢騰騰地上。

攤　主　（過來招呼）老同志，這邊坐。——您要點什麼？

豐子愷　一副大餅油條，一碗豆漿，淡漿。

攤　主　好咪，請稍候。（回攤頭取早點）

▲豐子愷木然坐著，一副心事重重的樣子。

▲攤主送來早點。

攤　主　大餅油條一副，淡漿一碗。

▲豐子愷彷彿沒聽見，沒看見，兩眼茫然地望著某個地方。

攤　主　老同志，老同志。

豐子愷　（醒悟過來，連忙付錢）謝謝。

攤　主　慢用。（走開）

▲俞雲階由舞台右側匆匆上，見到豐子愷，遲疑一下，但還是走了過去。

俞雲階　豐老，你好。

豐子愷　（抬起頭，欣喜地）雲階是你！（讓了讓身子）來，這邊坐。

俞雲階　（對攤主）一副大餅油條，一碗鹹漿。

▲攤主送來早點，收過錢，走開。

豐子愷　（左右望了望，壓低嗓門）雲階，你看我什麼時候也能「解放」？

▲俞一時語塞，愣了一下。

豐子愷　（苦笑笑）沒事，吃吧，吃吧。

俞雲階　豐老，你該知道，忍讓是我們中國人的美德。先別著急，養好身體，總有一天你會「解放」的。

俞雲階　（望俞一眼，笑笑）我大概等不到這一天了。

豐子愷　（非常吃驚）豐老，你怎麼會……日本的文學家谷崎潤一郎不是稱讚你是現代的陶淵明、王維……

豐子愷　（又一笑）其實我沒有他說的那麼出世。人是複雜的，都有兩面性。陶淵明也並非總在東籬下採菊，一般也有「刑天舞干戚」的時候。我在二十年前就說過，我是一個二重人格的人。一方面是一個虛偽的、冷酷的、尖利的老人，另方面又是一個天真的、熱情的、好奇的、不通世故的孩子。這兩種人常在我心中交戰。弘一法師一生由翩翩公子一變為留學生，再變為教師，三變為道人，四變為和尚，每一變都認真。他的遺訓「認真」二字永遠使我銘記心頭。老弟放心，剛才的話我也只是說說而已。我當然希望能「解放」，因為自由畢竟非常珍貴，但不「解放」也無所謂。傷彼蕙蘭花，含笑揚光輝，過時而不採，將隨秋草萎。

俞雲階　（起身）豐老，你一定要保重。再見了！（由舞台右側下）

▲豐子愷也站起身，這時豐一吟手拿一條舊圍巾匆匆由舞台左側上。

豐一吟　爸爸，你怎麼圍巾也不戴就出門了，咳嗽才好一點。

▲豐一吟替父親圍上圍巾。

豐一吟　爸爸，我還要告訴你一件事，就是……我已經將你的筆硯歸還給你——放在你的書桌上了。

豐子愷　（笑了）我知道，你們兄妹藏過我的筆硯是為我的安全考慮。可是一吟，不寫字不畫畫，實在是比挖了我的心肝還痛苦的。

豐一吟　我們也想通了，不該剝奪爸爸寫字畫畫的權利。非但將筆硯還回去，我們還希望爸爸能把從前給我們講過的那些往事寫出來呢。

豐子愷　你們真是這麼想的嗎？

豐一吟　是的。這不光是留給我們子女的，也讓將來的讀者共用吧。

豐子愷　那些人那些事真是很值得寫下來的。

豐一吟　那您就寫吧。——只是，須得格外小心啊。

豐子愷　（一笑）知道。

▲燈暗。

第二場

▲豐寓日月樓二樓前樓陽台。

▲舞台正中稍後，一排陽台玻璃窗，窗下一張老式書桌。書桌左邊豎向略斜安一張小小木床，右邊放一把破舊的藤圈椅。

▲幕啟時舞台稍暗，之後，陽台窗玻璃漸漸抹上曙色。窗外傳來一聲兩聲清脆的鳥鳴。時鐘噹噹地敲了五下，幽暗的小床有了動靜。

▲畫外豐一吟的聲音：

「三月二十八日，爸爸終於出院了。出院後不必再去上班，整天在家。他本來睡在前房，陽台上這一張小床是專供他午休用的，現在他病後喜歡安靜，就一直睡在這張陽台上的小床上。「爸爸是離不開他的筆墨的。病好一點，他就悄悄開始工作起來。他翻譯了《竹取物語》、《落佳物語》，畫了七十餘幅畫，現在又開始提筆寫《緣緣堂續筆》了。」

▲豐子愷穿衣下床，摸索著慢慢踱到書桌前。這時玻璃窗漸次明亮，窗外木桃的橫枝在晨風裡搖曳。他打開一扇窗子，舒展一下兩個手臂，之後，坐到寫字桌前提筆鋪紙，開始寫作。

▲暗轉。

▲大螢幕隨劇情出現一組畫面：

1石門鎮鳥瞰。

2石門街景。

3後河、木場橋、緣緣堂一帶屋宇。

4豆腐店。

5月色下的石門鎮。

6六塔村。

7癩六伯家。

▲復明。舞台右側為豆腐店門面，左側為酒店一角；舞台後部是後河木場橋。

▲歪鱸婆阿三頭戴破氈帽站在豆腐店門口包豆腐乾。阿慶肩扛一桿大秤手提一隻小竹籃由舞台左側上。

阿　慶　阿三，今天油豆腐做好了嗎？

阿　三　剛剛沸好。

阿　慶　（將小竹籃往板頭上一放）替我稱半斤，落了市我來取。要過年了，我要做些肉嵌油豆腐來享用。

阿　三　（淡淡地）好的。

▲癩六伯背一捆桑條柴，一個手臂上挽一隻空竹籃，從木場橋下來。阿慶立刻笑著迎上去。

阿　慶　六伯，今天才得這麼一小捆柴？

癩六伯　今天還帶了一籃雞蛋，兩把大蒜，三棵包菜，所以只好背一捆柴了。

阿　慶　（一邊過秤）雞蛋、蒜和菜是給豐家奶奶的吧。

癩六伯　是。豐家奶奶喜歡我的東西，我的東西新鮮，不調牌人。豐家奶奶待人厚道，她從不欺瞞我們鄉下人，不讓你吃虧。我只相信豐家奶奶。

阿　慶　你說的不錯。——十五斤半軟了點，就算十五斤半吧，我也不欺瞞你，不讓你吃虧。——你給南市魏醫師家送去，他家正好要些桑條柴。就說我說的，十五斤半。

癩六伯　好的。（背了柴從舞台右側下）

▲內喊：阿慶！阿慶！

阿　慶　來了，來了。（對阿三）阿三，半斤油豆腐，要隻隻囫圇，不老不嫩不實心，嵌肉用的啊。

阿　三　放心，保證隻隻挑選過，稱好，放在豆腐架子頂上。一會，要是我不在，你自己拿好了。

▲阿慶上木場橋由舞台左後下。

▲俞秀英內叫「三哥！三哥！」由舞台左側上。

俞秀英　三哥，三哥！

阿　三　（抬起頭）我沒聽錯吧，你是叫我？

俞秀英　三哥，不叫你還叫誰。

阿　三　一直叫阿三的，忽然叫起三哥來，叫得我心裡有點寒毛凜凜的。

俞秀英　三哥，恐怕你自己還不知道吧？

阿　三　知道什麼？

俞秀英　三哥，喜從天降呀！

阿　三　喜從天降？我有什麼喜，莫不是你看上我了？

俞秀英　三哥，人家跟你說正經呢，你倒吃我豆腐。

阿　三　那你說，我有什麼喜事。

俞秀英　三哥，你買的白鴿票中獎了！

阿　三　（連連搖頭）你別害我。一角錢的一條彩票，那還是鹹鯗店的小麻子硬回給我的。他說，三萬張彩票，每張一元，一張又分十條，每條一角，算算有多少人？全國各地呀！石門一地小鎮，有中獎機會嗎？我這一角錢情願買香煙吃的。

俞秀英　就是，不然怎說是喜從天降呢。三哥，你額角頭亮，一角錢的彩票還真是中了獎了，而且，而且中的還是頭獎！

阿　三　（伸手去摸俞秀英的腦袋）秀姑娘，不發燒呀！

俞秀英　（撥開阿三的髒手）我沒發燒，是賣白鴿票的那家糕餅店夥計親口告訴我的。他說上海來消息，白鴿票開彩了，中頭獎的就是你三哥。你要不信，你可以自己去問。

阿　三　（將信將疑，放下手裡的活計）那我去問問？

俞秀英　（挽起阿三的手臂）三哥，你一個跟斗翻到青雲裡了。（兩人從舞台右側下）

▲阿慶從木場橋下來，到豆腐店前。

阿　慶　阿三，油豆腐稱好了嗎？阿三，阿三——咦，人呢？（看見板頭上的空竹籃，自語）怎麼還沒稱？（向著店內喊叫）阿三！阿三！

▲暗轉。

▲畫外豐子愷的聲音：

阿三真的中了頭彩，私娼俞秀英於是忙碌起來。她在家裡請了四個裁縫替阿三做花緞袍子和馬褂。到了年初一，歪鱸婆阿三一身簇新的花緞皮袍馬褂，捲起了衣袖在街上東來西去，大吃大喝，濫賭濫用。幾個窮漢追隨他，問他要錢，他一摸總是兩塊三塊銀洋。母親便對豆腐店的主婦定四娘娘說：「把阿三脫下來的舊衣裳保存好，過幾天他還是要穿的。」

▲復明。

▲歪鱸婆阿三戴著皮帽低著頭在豆腐店門口包豆腐乾。阿慶肩扛一桿大秤由舞台左側上。

阿　慶　阿三，五百隻大洋正好開爿小店，討個老婆，成家立業，現在哪裡去了？這真叫沒淘剩！

▲阿三管自低頭包豆腐乾，沒搭理。

阿　慶　（誇張地瞧瞧阿三的腦袋，譏諷地）不過倒還剩下一頂新皮帽。

▲內喊：阿慶！阿慶！

阿　慶　來了！來了！（由舞台右側下）

▲癩六伯喝醉了酒從舞台左側的酒店出來。

癩六伯　（看一眼歪鱸婆阿三，轉身向木場橋走去）皇帝萬萬年，小人日日醉！你老子不怕！你算有錢？（上了橋，又回過身來）千年田地八百主，你老子一條褲子一根繩，皇帝見了讓三分。

▲漸暗。

▲月色下的石門鎮，響起阿慶悠揚的胡琴聲。

▲畫外豐子愷的聲音：

「皓月當空，萬籟無聲，阿慶的琴聲宛轉悠揚。

「阿慶是一個獨身漢，住在大井頭的一間小屋裡，上午忙著稱柴，所得傭錢，足夠一人衣食，下午空下來，就拉胡琴。他不喝酒，不吸煙，唯一的嗜好是拉胡琴。

「我現在想想，歪鱸婆阿三這個人真明達！貨悖而入者，亦悖而出；來路不明，去路不白。他深深地懂得這個至理。他可以給千古的人們作借鑑。自古以來，榮華難以久居。大觀園不過十年，金谷園更為短促。我們的阿三把它濃縮到一個月，對於世人可就是一聲響亮的警鐘，一種生動的現身說法。」

▲復明。

▲癩六伯家，環堵蕭然。

▲舞台右側一床，一桌，兩條板凳，一隻缸缸灶。舞台左側一堵破牆，牆上貼了幾張年畫；有一個擱板，擱板上堆著雜物：碗盞、茶壺、罐頭、衣服。舞台中間一扇門，門外一片竹園。舞台後部左側露出一座小橋的一頭。

▲一陣汪汪的狗吠，幼年豐子愷慌慌張張從橋上下來。癩六伯由舞台右側上，迅速穿過門喝住了狗。

癩六伯　不許叫！不許叫！走開。

豐子愷　六爺爺。

癩六伯 喲，是豐家小阿官啊。——你這麼在這裡？

豐子愷 我在五阿爹家做客，順便出來散散步的。

癩六伯 小阿官真正難得。來，來我屋裡坐坐。——這狗見生人要叫，但不咬人的。這叫叫狗不咬，咬狗不叫。

▲癩六伯帶豐子愷進門。豐子愷環顧屋內。

癩六伯 （端過一條板凳）小阿官你坐，我去燒茶來你吃。

豐子愷 （站起身阻止）六爺爺，不用了，一會我就回五阿爹家了。

來六伯 （從擱板上取下一個罐頭，打開，摸出一把花生給豐子愷）鄉下地方沒啥好東西，這花生是自己種的，燥倒還燥。

豐子愷 （接過花生，又看牆上貼的年畫）這幾張畫倒很好看。

癩六伯 小阿官喜歡畫啊。喏，這張是《馬浪蕩》，這馬浪蕩豬頭肉三勿精，樣樣會樣樣勿精。這張是《大鬧天宮》，孫行者本事大，玉皇大帝給他鬧得七葷八素。這張是《水沒金山》，法海和尚多管閒事，白娘娘去討還男人。

豐子愷　六爺爺也喜歡畫？

癩六伯　鄉下人不識字，只有畫看得懂。

豐子愷　六爺爺喜歡畫，下回你去鎮上，我可以送你我畫的畫。

癩六伯　呵喲，小阿官真有本事，會畫畫。我先謝謝你。——小阿官，我帶你去看看我的竹園。竹園裡有許多竹子，還有一群雞，一畦菜。竹子、雞、青菜，這些你會畫嗎？

豐子愷　會畫。

癩六伯　我給你掘幾支筍，捉一隻雞，再割幾棵菜帶回去，先照著樣子畫下來，畫完你們就煮了吃。

豐子愷　不用，不用。

▲內聲：慈玉！慈玉！

豐子愷　五阿爹在尋我了，我得回去了。六爺爺再見！

癩六伯　（送出來）再見，小阿官，明天有空再來玩。

▲漸暗。

▲畫外豐子愷的聲音：

「我現在回想，癩六伯自耕自食，自得其樂，很可羨慕。但他畢竟孑然一生，孤苦伶仃，不免身世之感。他的喝酒罵人，大約是洩憤的一種方法吧。」

第三場

▲又一個清晨。

▲豐寓日月樓前樓陽台。舞台佈置同前場。

▲幕啟時舞台稍暗，陽台窗玻璃為曙色所染，呈現一片如同油浸一般的幽亮。

▲畫外豐一吟的聲音：

「有人說，往事如煙，那是說世事倥傯，轉瞬就是百年，前塵往事總是迷失在歷史的塵埃深處。可又有人說，往事並不如煙，那是說往事歷歷，不可磨滅，永在心頭迴旋。愛因斯坦認為，時間和空間不過是人的錯覺。只有人，只有人的情感才是真實的存在。都說活在當下，可當下又何嘗不是歷史？『歲晚命運惡，病肺又病足。』在這樣的境遇之下，爸爸用一支筆來追蹤前塵往事，其實是對人，對人的真實情感的執著和嚮往。在這樣的執著和嚮往中，歷史和當下和解了，於是人性就閃耀起了詩性的光輝。」

▲幾聲清脆的鳥鳴，舞台開始明亮起來。

▲豐子愷已從小床上起來，慢慢踱到書桌前。他打開陽台窗子，舒展一下雙臂，坐下，埋頭寫了起來。

▲暗轉。

▲大螢幕隨劇情出現一組畫面：

1杭州，西湖，裡西湖招賢寺。

2塘棲，塘棲的小酒館，停在運河裡的航船。

3日本江之島，臨海的酒館。

▲復明。

▲一家小酒館的內景。

▲舞台右側一個酒櫃，酒櫃外一張桌子，兩把椅子。舞台左側微露岳墳一角。舞台後部為西湖堤岸，石凳，鐵椅，楊柳依依。

▲朱先生蹲在堤岸邊垂釣。豐子愷悠閒地坐在椅子上，眺望湖光山色。

▲朱先生拉起釣竿，他釣上來一隻大蝦。他將蝦摘下，放入一個玻璃瓶內，又把瓶子放到一隻舊藤籃裡，收拾好釣具，起身要離開。

豐子愷　何不再釣幾隻？

朱先生　（笑笑）三四隻大蝦，下酒夠了。

▲他們相跟著來到酒店，在桌邊坐下。酒保由舞台右側上。

豐子愷　（對酒保）一斤紹酒，一盆花生米。

朱先生　也來一斤紹酒。

酒　保　下酒菜？

朱先生　謝謝，不用。——要一小碟醬油。

酒　保　（向內）兩斤紹酒，一盆花生米，外加一碟醬油！（進櫃內）

▲朱先生從藤籃裡取出玻璃瓶，將那三四隻大蝦用釣絲縛住，遞著，起身進櫃內。不一會又遞著釣絲出來，這時釣絲上的蝦已成紅色。他坐下，解下熟蝦，放在一個空碟子裡。

▲酒保一手拿酒，一手拿花生米和一小碟醬油由櫃內出來。

酒　保　（放下酒菜）酒到，菜到！兩位慢用。（由舞台右側下）

朱先生　（拿起一隻蝦仔細地剝殼，呷一口酒，將蝦蘸一下醬油吃一小口）好鮮！（對豐子愷）先生何不也釣幾隻蝦來下酒？

豐子愷　不瞞先生說，我不愛此物。

朱先生　那你先生真算是錯過了。蝦是這世上最潔淨最鮮美的一種食物，尤其適合下酒。

豐子愷　是嗎？

朱先生　是呀！蝦這東西又容易得到。牠愛躲在湖岸石邊，你倘到湖心去釣，是永遠釣不著的。

豐子愷　（來了興致）是嗎？

朱先生　是呀！這東西愛吃飯粒和蚯蚓。用飯粒和蚯蚓釣，牠准定上鉤。不過，蚯蚓齷齪，牠吃了你就吃牠，等於你吃了蚯蚓，所以我用飯粒。你看，牠現在死了，還抱著飯粒呢。

豐子愷　看來，先生對此道很有研究。

朱先生　（略有得意）蝦這東西比魚好得多。魚，你釣上來了，要剖，要洗，要用油鹽醬醋來燒，多少麻煩。蝦就省事得多，只要開水裡一煮，就好吃了。不須花錢，又新鮮得很。

豐子愷　你這釣蝦經非常有道理，尤其省事一說頗合我意，也和一個日本文學家的主張合拍。

朱先生　還和日本文學家的主張合拍？這日本文學家是誰？他有什麼樣的主張？倒要仔細請教。

豐子愷　這位文學家叫夏目漱石。他主張放棄俗念，使心暫時脫離塵世。這就好比你愛吃酒，又愛用蝦下酒，又自己釣蝦，而且每次又只釣三四隻蝦。

朱先生　任憑弱水三千，我只飲一瓢。自得其樂耳。

豐子愷　就是這個意思。比如我從故鄉來杭州，本來只要坐一個小時輪船，乘一個小時火車就可到達，但我常常寧可坐船，走運河，在塘棲過夜，走它兩三天，到橫河橋上岸，再坐黃包車到招賢寺寓所。

朱先生 有意思，有意思。

豐子愷 在塘棲過夜，最愜意的是上岸吃酒。塘棲的酒店有一個特點，就是酒菜種類多而分量少。幾十隻小盆子羅列著，有葷有素，有乾有濕，有甜有鹹，隨顧客選擇。像你我這樣的酒徒，才能賞識這種酒家。

朱先生 （引為同調，顯出有些神往）什麼時候也去領略領略。

豐子愷 這種酒店，壯漢、莽漢，像樊噲、魯智深之流是不許他進去的。他們狼吞虎嚼，一盆酒菜不夠一口。必須是所謂的酒徒，才可進來。酒徒吃酒不在菜多，但求味美。呷一口花雕，嚼一片嫩筍，其味無窮。

朱先生 什麼時候一定去一趟塘棲。

豐子愷 要是枇杷時節，在塘棲，吃酒之後吃枇杷，也是一件快適的事。塘棲枇杷是有名的。我酒足飯飽之後買些白沙枇杷，回到船裡，分些給船娘，然後自吃。吃枇杷要剝皮，要出核，把手弄髒，把桌子弄髒。吃好之後必須收拾桌子，洗手，實在麻煩。船裡吃枇杷就沒有這種麻煩。靠在船視窗吃，皮和核都丟在河裡，吃好之後在河裡洗手，多少省事。

朱先生　一定還在枇杷時節去塘棲了。塘棲真是個神仙也要去吃酒的地方。

豐子愷　神仙要去吃酒的地方也不止一個塘棲。

朱先生　還有比塘棲更適合吃酒的地方？

豐子愷　有。只是那地方遠了點。

朱先生　遠一點不怕，誰叫我們是酒徒呢。——什麼地方？

豐子愷　江之島。

朱先生　江之島？沒聽說過。

豐子愷　我二十多歲時和一個崇明的朋友去過一次。這島臨海的一面有一片平地，芳草如茵，柳蔭如蓋，中間設有矮榻，榻上鋪著紅氈毯。我們兩人對面坐了，侍酒的是一個姑娘，我們要了兩瓶黃酒，兩個壺燒。

朱先生　壺燒？

豐子愷　哦，那地方有一種大的螺螄，叫榮螺，有拳頭來大，殼上生許多刺，把刺修整一下可以放平，像三足鼎一樣。將這大螺螄燒殺，取出肉來切碎，再放進去，加入醬油等調味品，將這殼作器皿煮熟，就成了一道菜，叫壺燒。其味甚鮮，確是侑酒佳品。三杯酒入口，萬慮皆消，海島長鳴，天風振袖，但覺心曠神怡，彷彿身在仙境。

朱先生 真太令人神往了。告訴我，這島究竟在哪裡？哪省哪縣哪鎮哪村？

豐子愷 （一笑）在日本。（說著，展開一柄摺扇輕輕地搖著，長髯拂拂）

朱先生 （有些洩氣）日本，江之島，看來無緣領略了。（忽然瞥見豐手裡扇子上的名字）豐子愷！先生竟是大畫家豐子愷？

豐子愷 不敢，正是在下。

朱先生 （站起）哎呀，真真有眼不識泰山！區區我拜讀過豐先生的文章和漫畫，佩服得不得了，不想竟有緣拜識先生，實在三生有幸！

豐子愷 請教先生台甫是——？

朱先生 區區姓朱，在湖濱旅館門口擺一個刻字攤糊口。下午收了攤常到這裡西湖來釣蝦吃酒。

豐子愷 先生高雅得很，令我欽佩。

朱先生　（拱手）慚愧，慚愧。

▲漸暗。

▲畫外豐一吟的聲音：

「佛經裡說，三千大千世界可以容納於芥子之中，一粒芥子也可以展現三千大千世界。眾生生活的每一個角落既是芥子，又是大千世界。夏目漱石在《旅宿》裡說，造成人的世界的，既不是神，也不是鬼，就不過是那些東鄰西舍紛紛紜紜的普通人。爸爸筆底普通人的普通人生就是這大千世界的全部，而這些普通人本真的靈魂，就是這大千世界的亮色。佛經裡又說，空是人生的最高境界，空是最究竟的大智慧。在那樣一種險惡的生存境遇下，爸爸孜孜書寫生命的本真，就是一種空，就是一種最究竟的大智慧。」

第四場

▲景同第一場。

▲幕啟，天空晴朗。

▲畫外豐一吟的聲音：

「誰也想不到，一九七三年，從新加坡來了一位周穎南先生。周先生是企業家，又是南洋有名的作家。他既來中國，竟敢大膽地到日月樓來訪問，而且為爸爸拍下了他平生唯一的兩張彩色照片。這樣的機會千載難逢，爸爸就拿出封存了兩年的一部譯稿，託周先生帶交廣洽法師。這就是後來在新加坡影印出版的《大乘起信論新釋》。」

▲大螢幕隨劇情出現一組畫面：

1日月樓內外景。

2周穎南為豐子愷攝下的兩幀彩照。

3廣洽法師在新加坡的身影。

4《大乘起信論新釋》書影等。

▲豐子愷和周穎南從日月樓來。周一手拎著一個小巧的手提箱。

豐子愷 周先生既然不肯在舍下便餐，我就請你吃大餅油條加豆漿怎麼樣？

周穎南 好啊，很好。

▲兩人來到小吃攤前。攤主由舞台右側上。

豐子愷 （對攤主）兩副大餅油條，兩碗豆漿——（對周）鹹的甜的還是淡的？

周穎南 （會心地一笑）淡漿。

豐子愷 （對攤主）兩碗淡漿。

攤　主 好唻，請稍候。（離開）

▲豐、周二人在矮桌邊面對面坐下。

豐子愷 周先生，我想不到這種時候您會回國來，會到上海來，更想不到還會到我家來。難道您不知道我目下的處境嗎？

周穎南　（笑笑）知道。

豐子愷　（一把拽住周的手，激動地）周先生！

周穎南　豐老不必在意。我既然回國，既然來上海，我怎麼能不來看望您老呢。

豐子愷　當我譯完這本書的時候，小女一吟曾問過我，說你譯出這本書來打算怎麼樣？我不假思索脫口而出說，今後有便人時帶交給廣洽法師保存。我說這話時知道自己是癡人說夢。一吟又說，你還要讓人帶出去，新加坡還會有誰會在這種時候到中國來？我想想也真是不會，就只好自我安慰，說我包好放著，將來總會有人來的。再想不到這原本遙遙無期的將來，竟會來得如此切近！

周穎南　（拍拍手提箱）豐老放心，我保證將這部譯稿安全送交到廣洽法師手中。

豐子愷　拜託了，謝謝。——哦對了，還有一點煩請轉告法師。

周穎南　豐老您說。

豐子愷　（稍稍壓低聲音）就是那篇「譯者小序」後面的日期，我具的是一九六六年初夏。

周穎南 為什麼？

豐子愷 是這樣的。就在我說了要帶交廣洽法師保存這話之後，一吟說，廣洽法師如果收到這部譯著，很有可能在新加坡出版。這件事要是傳到國內，你不是又增加了一條罪狀嗎。我說，要不將日期寫早一點？一吟覺得這個辦法可行。兩人商量的結果，決定提早五年，寫成一九六六年初夏。

周穎南 為什麼是一九六六年初夏？

豐子愷 你想，文化大革命開始於一九六六年夏天。將日期寫成這年的初夏，不等於是說這部譯稿是在文革之前完成的嗎？

周穎南 用心良苦啊。

豐子愷 所以，這一點煩請務必向法師說明。另外，譯者署名也不用真名，用的是「中國無名氏」，這也要向法師說明的。

周穎南 豐老，真難為你了。您太了不起了！

▲兩人同時起身，緊緊地握手。

豐子愷　那麼，周先生，拜託了！

▲暗轉，復明。

▲大螢幕上出現豐子愷的巨幅畫像。

▲劇中所有的人物分別從舞台兩側上場謝幕。

▲畫外豐子愷的聲音：

「大乘起信論乃學習大乘佛教之啟蒙書，古來佛教徒藉此啟蒙而皈依三寶者甚多，但文理深奧，一般人不易盡解。日本佛學家湯次了榮氏有鑑於此，將此書逐段譯為近代文，又詳加解說，對讀者助益甚多。今將日文譯為中文，以廣流傳，亦弘法之一助也。」

▲畫外廣洽法師的聲音：

「馬鳴菩薩大乘起信論，自梁武時，真諦及實叉難陀二尊者譯成華文，流傳東土。各家注疏，極為繁賾。晚近日本湯次了榮教授復有大乘起信論新釋行世。吾友豐子愷居士於數年前更由日文譯為華文，苦心孤詣，慧思不竭，積月累功，以竟於成。余知子愷居士自幼受弘一法師之薰陶最深，高超志行，誠摯度人，不為時空之所限。其選譯斯論，以為今後衽席群生共趨真正永久安樂之境界，蓋有深遠之理想存焉。」

▲畫外豊一吟的聲音：

「我又回到了日月樓，日月樓早已人去樓空。然而爸爸的英魂還在。星河界裡星河轉，日月樓中日月長。啊，日月樓，日月樓，日月樓……」

▲幕下。

編劇後記

寫這個劇本其實是很偶然的。在一次集會上，一個朋友說起最近在杭州的一個小劇場看了一部寫弘一法師的話劇，很有意思，他因此想到也可以為豐子愷寫一個劇本，並且建議由我來寫。我忽然觸動了心緒，於是花了幾天工夫就把劇本初稿寫成了。這看似很快，其實是基於我長期以來對豐子愷的關注。二〇〇九年，我曾在台灣出版過一本十二萬字的紀實散文《豐子愷、章桂和逃難這兩個漢字》，被認為是豐子愷的一部另類傳記。通過寫作這本書，我對豐子愷有了進一步的認識，這次的劇本其實是這種認識的一種簡化和提升。對於「出世」和「入世」，歷來眾說紛紜，但在豐子愷身上似乎有了簡明的詮釋；莊子講「無為」，卻寫下了《莊子》，似可拿來旁證。

本劇取材於豐子愷《緣緣堂續筆》和豐一吟《我和爸爸豐子愷》；本劇時間除第二場應在春節前後外，其他各場時間可由導演決定。

〔原載於《中國劇本》二〇一二年第二期〕

佛奴

七場古裝越劇

人物表

佛　奴　淡粉樓歌妓，後為嚴嵩義孫女。

嚴　嵩　權相。

楊元吉　兵部武宣司楊繼盛之子。

鄒雲龍　御史。

張　氏　楊元吉母。

歐陽夫人　嚴嵩妻。

趙文華　通政司，嚴嵩義子。

鄢懋卿　大理寺少卿。
湯　勤　字伯欽，通州知府。
嚴世蕃　字東樓，工部侍郎，嚴嵩之子。
翠　兒　佛奴使女。
明　空　紅螺寺師太。
鴇　母　淡粉樓鴇母。
韓公子　尚書公子。
楊　福　楊繼康家人。
禁　子　天牢獄禁。
相府管家、家將、使女。
淡粉樓眾歌女。
楊府使女。

第一場　誤入淡粉樓

▲明嘉靖三十四年暮春。

▲京師歌院淡粉樓後花園。

▲眾歌妓將自製的小錦旗、柳絲編織的轎馬車輛繫在柳枝花梢，一邊嬉戲追逐。

歌妓甲　姐妹們，我們都將自己做的錦旗、轎馬綰在了柳枝花梢，現在該一邊吃酒，一邊賞評，看誰做的最精緻最細巧了。

歌妓乙　不錯，不錯。那我們上酒吧？

眾歌妓　上酒！上酒！

歌妓丙　慢。佛奴妹妹還沒來呢。

歌妓甲　這個懶丫頭，今日祭餞花神，怎麼到這般時候還不來呢！

歌妓乙　看，佛奴姐姐不是來了嘛。

▲佛奴帶使女翠兒上。

佛　奴　（唱）

荏苒又是一年春，
芒種時節花如錦。
韶華轉瞬流水去，
感歎身世淚紛紛。

眾歌妓　（迎上去）佛奴姐姐，你怎麼姍姍來遲？——喲，好精美的轎馬！那上面還坐著人呢。

佛　奴　（望望柳枝花梢）眾姐妹都已經綰上了，飄飄搖搖的真好看！（忽又無端落淚）

翠　兒　佛奴姐姐，我們也將轎馬綰上去。（動手繫轎馬）

眾歌妓　佛奴姐姐你怎麼了，難道有什麼不開心的事嗎？

佛　奴　（拭淚，強笑）沒有，沒有。我不過見春光將逝，一時起了身世之感。

歌妓丙　妹妹快休如此。我們姐妹既流落在這種不見天日的地方，就比不得平常女流了。趁著年輕，有酒且酒，有歌且歌，有樂且樂吧。

佛　奴　可這酒這歌都是為別人預備的，哪有我們姐妹的樂處！

歌妓甲　好了，好了，我們不必探究這些沒要緊的理兒了。難得今日媽媽掛了休業招牌，這半日工夫總是我們自己的了，又是這麼好的天氣，我們姐妹何不盡情一樂，一醉方休？

眾歌妓　是啊，秋月姐姐說的有理。佛奴姐姐，我們姐妹就開懷暢飲吧。

佛　奴　（笑）對對對，且將憂愁付東風，爭得片刻苟安樂。姐妹們，我們祭花神啦。

翠　兒　（欣喜地）我去取酒菜瓜果。（與二妓下，復又端酒菜瓜果上）酒到菜到，瓜到果到。

眾歌妓　（圍著佛奴翩翩起舞，唱）

淡粉樓頭粉色嬌，
淡粉園中春易老。
淡粉粉黛展蛾眉，
粉黛青青過花朝。
春消還有春來日，

粉落蛾眉難再造。
且將酸酒作歡酒，
強度人生片刻好。

▲鴇母上。

鴇　母　眾阿囡好開心啊！

眾歌妓　媽媽，你怎麼也來了？

鴇　母　難道媽媽我不該來湊一份熱鬧嗎。

眾歌妓　應該，應該。（紛紛捧酒給鴇母）媽媽，女兒們敬媽媽一杯！

鴇　母　（接酒一杯一杯地飲）眾阿囡個個孝順，媽媽我真真開心煞哉。（忽然歎氣）唉！

歌妓丙　媽媽，說開心，因何又歎起氣來了？

鴇　母　論理我不該掃你們的興。可是……唉！

眾歌妓　媽媽，到底出什麼事啊？

鴇　母　（唱）今日本是芒種節，

依舊例，歇業一天將賓客謝。
誰想尚書府下了差遣帖，
命佛奴小曲伴他半日閒。

歌妓甲 真真豈有此理！媽媽，哪家尚書府？

翠兒 還會有哪家？一定是韓尚書府了。

佛奴 女兒不去。

眾歌妓 不去，不去，就是不去！

鴇母 （為難地）阿囡，做娘的曉得你不願意，可是，我們樂戶人家，哪裡得罪得起做官人家啊。

翠兒 這個韓尚書公子幾番邀去，動手動腳，不懷好意。不能再去了。

鴇母 咳，有什麼辦法呢？胳膊擰不過大腿啊。

佛奴 媽媽，你去跟他們說，就說女兒今日嗓子啞了，改天再去。

鴇母 （猶猶豫豫地）那我去說說看，我去說說看。（下）

歌妓甲　真叫人掃興。

眾歌妓　哼，一天也不叫人安寧！

佛　奴　好了，眾姐妹不用生氣了，我們到水榭祭餞花神吧。

眾歌妓　（重又鼓起興致）佛奴姐，那我們走，祭餞花神去。

▲眾歌妓簇擁著佛奴下。

▲楊元吉與鄒雲龍上。

楊元吉　（唱）三春將盡春依舊，

鄒雲龍　（唱）立夏待立不用愁。

幾天來暗中聯絡忠良侯，

楊元吉　（唱）要與嚴嵩老賊把智鬥。

只可恨，奸黨勢大遮天聽，

鄒雲龍　（唱）也怨那眾大臣明哲保身把安偷。

只有武選司大臣素有報國志，

楊元吉　（唱）可惜是我父他剛烈有餘少計謀。

鄒雲龍　元吉兄，不用擔心，只要我們加緊聯絡各地反嚴志士，不愁扳不倒老賊的。（忽聞一陣絲竹歌吟聲）哎，這是什麼地方？

楊元吉　好個清幽所在。

▲翠兒和另一使女上。

翠　兒　佛奴姐姐愛吃女兒紅，我們再去買一甕來才好呢。

使　女　對，再去買一甕。我們從花園後門出去吧，省得媽媽又要嚕蘇。（打開門）

楊元吉　（上前施禮）二位大姐請了。請問大姐，這是誰家府第，如此幽雅。

使　女　（邊打量二人邊笑）二位公子，這裡不是什麼府第，這裡是淡粉樓。

楊元吉　淡粉樓？莫非此處就是名滿京華的歌院淡粉樓麼？（入內）好一座精美的園子啊！

翠　兒　哎哎哎，你們怎麼自說自話隨便進人家花園來了。

楊元吉　我聽說院中有位芳名佛奴的姐姐色藝雙絕，今日路過，天緣湊巧。可否請來一會？

翠　兒　（冷笑）越發的自說自話了，連一點規矩也不懂。

鄒雲龍　那請問姐姐，一睹佛奴姑娘芳容要銀幾乎？

翠　兒　就看一眼，不喝茶不端座不聽曲不彈琴，五兩。

鄒雲龍　就看一眼，哪裡要這許多銀子！

翠　兒　（冷笑）今天你就是願意出十兩銀子，也不成。

楊元吉　為什麼？

翠　兒　今天是芒種節，院中祭餞花神，歇業一天。

鄒雲龍　好，就依你五兩銀子，只請姑娘前來一見，見了就走。

翠　兒　我不是說了嗎，今天是芒種節，十兩也不成。你們走吧。（推兩人）

鄒雲龍、**楊元吉**　哎哎，好厲害的丫頭。

▲眾歌妓上。

歌妓丙　翠兒，酒買來了嗎。你們在與誰吵吵嚷嚷的？

翠　兒　大姐姐，他們自說自話進園來，還懶著不走，硬要什麼「一睹佛奴姑娘芳容」！

歌妓丙　二位公子，今日芒種歇業，對不起，請明天來吧。

楊元吉 哦，這位姐姐，剛才我們路過此地，見芳園精美，不覺走了進來，還望姐姐見諒。

鄒雲龍 姐姐，我這位兄弟仰慕佛奴小姐芳名，早期求一睹小姐風采。

歌妓乙 鬼話！既是早就仰慕佛奴姐姐，為何不堂堂正正走前門，而要鬼鬼祟祟進後園？

鄒雲龍 哦，這有個緣故的。若走前門，必定要從「淡粉樓」匾額下過，有恐玷辱小姐清芬，故而來此後花園。

眾歌妓 （聽不懂，一齊將目光投向佛奴）佛奴姐姐，他們這是……

佛　奴 （上前）二位公子萬福。佛奴不敢望二位公子如此看重，不知二位大駕光臨，有何見教？

楊元吉 呀！

（唱）楊元吉虛度二十春，
踏遍芳園無數門。
大家閨秀小家女，
未有佛奴好人品。

但見她面如芙蓉體如酥，
嫵媚風流萬種情。
她態度溫婉性貞靜，
必定是賢良仁德的中饋人。
雖然她明珠落風塵，
其中定然有隱情。
佛奴小姐，小生楊元吉這廂有禮了！

鄒雲龍 佛奴小姐，元吉他是兵部武選司楊大人的公子。

佛　奴 （看一眼楊，含羞地）佛奴不敢，還禮！
（唱）這公子不驕不傲性溫存，
平等待人實堪敬。
公子啊，貴趾今日臨院門，
有何吩咐只管云。

歌妓丙 是啊是啊，既是佛奴妹妹如此說了，就請二位公子說明，是要聽歌呢，聽曲呢？

楊元吉 呵不不，怎麼能以此褻瀆小姐呢。我們是……（望望佛奴，又望望鄒雲龍）我們是……

歌妓丙 （感覺並會意）眾姐妹，我們飲酒去。（與眾歌妓下）

楊元吉 哦，不敢動問佛奴小姐，不知小姐原籍何處，因何流落歌院？

佛　奴 （唱）這公子真情脈脈眼底透，
如一股春意暖心頭。
公子啊，佛奴本是苦命女，
父慈母愛無福求。
自從被騙賣入院，
早打夜罵何曾休。
皮肉之苦猶可忍，
精神折磨不堪受。
何日裡能將人間至情守，

佛奴女粗茶淡飯也樂悠悠。

楊元吉　（唱）美姑娘一片真情話，

好似清泉過心涯。

小姐呀，你是一朵牡丹花，

理當栽入富貴家。

佛　奴　（唱）多承公子將我誇，

怎奈是苦枝難以結甜瓜。

鄒雲龍　小姐！

（唱）若有人誠心誠意來移花，

小姐你願不願意牡丹園裡把根紮？

佛　奴　哪有人真心肯來移花。

鄒雲龍　有啊！

佛　奴　（故意地）誰會來呢？

鄒雲龍　（向楊元吉指指）他會來啊。

佛　奴　（含羞地瞟一眼楊）是嗎？

楊元吉　是的，是的。不知佛奴小姐是否願意？

佛　奴　（欣喜地）這，這是當真？

楊元吉　（點點頭）當真。

佛　奴　（歎口氣）可是媽媽能答應嗎？

鄒雲龍　放心。媽媽不就愛的銀子嗎？說說，要多少身價銀子才可替你贖身？

佛　奴　（搖搖頭）這事恐怕……

楊元吉　小姐但請放心，待元吉回轉家中稟明父母，少則半月，多則一月，一定前來為你贖身。

佛　奴　公子！

楊元吉　小姐！（相擁）

▲切光。

第二場　避居紅螺寺

▲接前場。

▲楊家府邸內堂。正中一觀音佛龕，香煙繚繞。

▲張氏跪在蒲團上默默祝禱。兩使女侍立一旁。祝畢，使女攙扶張氏起身。

張　氏　（唱）香燭焚焦寸寸心，

誠心誠意拜觀音。

願菩薩保佑老爺身平安，

上金殿順順利利去奏本。

老嚴嵩，霸朝綱，惡貫滿盈，

忠良臣，遭讒害，咬碎牙齦。

最可歎，萬歲爺，兩眼昏昏，
聽讒言，近佞臣，太軟耳根。
老爺他，不聽勸，生死一拼，
求菩薩，暗佑護，能傳佳音。

（拭淚）唉！老爺此去，不知是吉是凶。

使女甲　夫人儘管放心，我家老爺一片忠心全為的朝廷，萬歲爺豈有不領情的。

使女乙　是啊，老爺為官清正，一定會參倒嚴嵩老賊的。說不定萬歲爺還要重重地賞賜老爺呢！

張　氏　（搖頭）你們哪裡知道，如今朝綱不振，萬歲他偏聽偏信。老爺他不顧我苦苦相勸，我看他此去凶吉難料呢。

▲一使女上。

使　女　稟夫人，紅螺寺明空師太給夫人送經卷來了。

張　氏　（略有喜色）快快有請。

▲明空上。

明空　貧尼給夫人請安！

張氏　師太請起。——看座。

明空　阿彌陀佛，謝夫人。（從黃布袋中取出經卷）夫人，前次夫人囑貧尼念的七七四十九天平安經已經念得。請夫人收下。

張氏　師太送來得真真及時。唉！我家老爺他到底不聽勸阻，今日上朝奏本去了。

明空　（一驚）奏本去了？

張氏　（歎氣）是啊。

明空　（唱）嚴相國權傾朝野威薰天，
細算來他風頭正健運未衰。
楊老爺上殿去參本，
無異筆洗擊石硯。
夫人啊，你要早作準備早安排，
事到臨頭好避災。

張　氏　師太所慮極是，無奈老爺一心報國，九頭牛也拉不回來，叫我怎生安排呢？

（唱）我楊家代代秉忠心，
為朝廷累世有功勳。
先皇爺御筆題匾懸府門，
「秉忠弼政」字字重千斤。
從來伴君如伴虎，
忠而獲咎自古皆然傷人心。
我嫁到楊府二十春，
見過多少宦海的浮和沉！
如這樣瓦罐日日不離井，
總擔心何時大禍會臨門。

▲一使女上。

使　女　秉夫人，二老爺差楊福有事前來秉報。

張氏　（一驚）出事了？——快，快傳楊福！

使女　是。楊福老伯伯，夫人命你進見。

▲楊福上。

楊福　老奴楊福叩見夫人。

張氏　（急切地）楊福，是不是大老爺他……

楊福　夫人，我家老爺請夫人但放寬心。大老爺將本遞上去，萬歲爺雖有些不悅，但見本上所奏有根有據，又念楊府世代忠良，萬歲爺已是接了本了。

張氏　（吁了口氣）總算皇天有眼！

明空　阿彌陀佛，佛祖保佑，佛祖保佑！夫人，看來真是天要開眼了。

張氏　（歎口氣）還難說呢。楊福，就說我多謝二老爺，有什麼情況還望及時前來告訴。

楊福　是。（下）

▲內聲：「公子回府。」

明空　夫人，貧尼要告辭了。廿三日的平安醮已準備妥當，屆時貧尼在山門恭迎夫人。

（下）

▲楊元吉上。

楊元吉　孩兒拜見母親。

張　氏　兒啊罷了。不知你與雲龍侄暗中聯絡諸位大人，情況怎麼樣了！

楊元吉　唉！難，難哪！

（唱）老嚴嵩苦心經營幾十年，
網羅了大小奸黨盤根錯節除也難。
曾公子亡命天涯是欽犯，
沈襄他發配戍邊千里外。
滿朝裡無人敢做出頭椽，
就連繼康叔父也少有擒魔的膽。
看來是老賊氣數尚未盡，
也只好耐起性子將時機來等待。

不過母親放心，孩兒與雲龍兄已聯絡了諸保安子弟，他們答應只要時機成熟，一定回應。

張　氏　可是，可是你爹他不聽勸阻，已經上殿參奏去了。

楊元吉　什麼，他竟上本去了？

張　氏　他說他已經忍無可忍了。

（唱）他說道，我再不願與奸黨同朝共相處，
　秉忠心，決要拼一個網破魚死。
　老嚴嵩他十大罪狀五大奸，
　般般劣跡罪應誅。
　當今萬歲是聖明主，
　定然會一朝省悟將奸臣除。
　楊繼盛要學龍逄和比干，
　縱然一死也無怨無悔名標青史。

楊元吉　（跌足）哎呀，爹爹怎麼這麼糊塗！當今皇帝乃是千古第一的無道昏君，從前為彈劾一個仇鸞，差點被他處死，如今嚴嵩老賊，一百個仇鸞尚敵他不過，怎麼能不講策略硬拼呢？

張　氏　這麼說，你爹他此去凶多吉少了？

楊元吉　（悲傷地）必死無疑。

張　氏　可剛才楊福來稟報，說萬歲已經接了你爹本章了。

楊元吉　（搖頭）母親，難道你還不知道這個萬歲是天底下第一個沒主見的。他這會兒接了，等一會兒又不接了。

張　氏　那，那怎麼辦呢？

楊元吉　只有再等消息了。要不，孩兒上叔父家看看？

張　氏　也好。

楊元吉　孩兒這就去。

▲楊福匆匆上，差點與楊元吉撞個滿懷。

楊　福　老奴稟報夫人、侄少爺，大，大，大事不好了！

張　氏　（一驚，脫口而出）老爺出事了？

楊元吉　爹爹，他……

楊　福　大老爺參奏嚴嵩，萬歲爺本是接了本的，後來嚴嵩老賊花言巧語進行辯白，還反咬一口，說大老爺詐傳親王令旨，誣毀宰臣，密通倭寇，引得聖上震怒，如今大老爺已被拿下問罪了。我家老爺說，恐怕羽林軍即刻就要前來抄家拿人，請夫人、侄少爺快想辦法避禍要緊！

張　氏　（哭著對楊福揮揮手，楊福下）這可怎麼辦，這可怎麼辦呀！

楊元吉　（來回走動）看來一場劫難很難避免了。（對天）老天，老天，你睜眼看看，這是個什麼世道。這是個什麼世道呀！

張　氏　兒啊，事到如今，只有為娘拚卻一死，上殿面見昏君了。
（唱）天子一昏乾坤暗，
是非曲直無公斷。

只恨無有回天力，
綠水青山也蒙冤。
為救夫君上殿去，
不惜區區一命捐！

楊元吉 母親，你去於事無補，不但救不了爹爹，反而又白白添一條性命。母親，

（唱）爹爹他不明形勢太莽撞，
擒虎反被惡虎傷。
俗話說留得青山莫教荒，
春風到時鬱蒼蒼。

張　氏 那你說該怎麼辦？

楊元吉 不如暫且避居，以待時機。

張　氏 我不避。我寧可與老爺一起死，也好叫天下人明白我楊門世代忠烈！

楊元吉 母親，你，你這又何苦呢？

▲楊福匆匆上。

楊　福　稟夫人、侄少爺，大大大事不好，大老爺他，他他他已綁赴菜市口了！

張　氏　啊呀……（昏厥）

▲鄒雲龍上。

楊元吉　雲龍兄，你怎麼來了？我爹爹他——

鄒雲龍　（搖手制止）不必細說。快走，再不走就走不成了！

楊元吉　上哪兒去？還能上哪兒呢！

鄒雲龍　要不去我家吧。

楊元吉　不不不，我不能連累於你。

鄒雲龍　你這是什麼話，什麼連累不連累，快走！

楊元吉　不，不能去你家。這關係到反嚴大計。我不能再搭上一個你啊。

鄒雲龍　這，這倒難了。

楊　福　侄少爺，不如去紅螺寺吧？

楊元吉　對，去紅螺寺。去紅螺寺！

楊　福　我家老爺已替侄少爺預備下轎馬了。

楊元吉　轎馬現在何處？

楊　福　後門外河邊柳蔭下。

▲隱隱傳來喧譁之聲。

鄒雲龍　楊福，我們攙扶老夫人。元吉兄，你快去收拾收拾，我們在河邊等你。

▲喧譁聲漸漸逼近。

楊元吉　（仰天悲號）爹爹！

▲燈暗。

第三場　螟蛉佛奴女

▲數天後。

▲嚴相府鈴山堂。

▲幕啟時，傳來歡宴祝酒之聲。嚴嵩負手緩緩上。

▲幕後合唱：

楊繼盛處死震廟堂，

樂壞了大大小小眾奸黨。

嚴相府酒宴三日費排場，

奇的是老嚴嵩遠離歡樂意彷徨。

嚴　嵩　（唱）面對著鈴山堂我思緒悠悠，

幾十年人事倥傯眼底收。
想當年我未成得志在山林，
鈐山堂苦讀十年費籌謀。
為邀寵我著意揣摩煮文字，
終至得詩文清譽奉詔還朝為祭酒。
祭告顯陵沐皇恩，
條劃禮儀，稱宗太廟，上賜金幣侍左右。
二十一年官拜武英殿大學士，
文淵閣裡苦搜求。
年六十，朝勤夕惕值「文苑」，
洗沐不歸衣帶漸寬身兒瘦。
嘉靖帝賜我銀記來表彰，
「忠勤敏政」四字壓眾口。

從此是政事一歸唯我尊，
一人之下萬萬人之上威風抖。
只可惜我勢大財大如同捧的一空缶，
孫輩零落，膝下荒涼，人情虧欠，好似山中一老猴！
唉！

▲嚴世蕃、鄢懋卿、趙文華、湯勤上。

眾　哎喲喲，哪裡不找到，父親（相爺、相父）你原來在這鈴山堂上呀！

嚴世蕃　父親，眾大人正等著要敬你酒呢。

鄢懋卿　（醉態）嘿嘿，相爺，這楊繼盛不知天有多高，地有多厚，他竟敢泰山頭上動土。哼！

趙文華　相父，他楊繼盛妄想老虎頭上拍蒼蠅，他怕是連自己的生辰八字也記不清了吧。哈哈！

湯　勤　（巴結地）相爺，楊繼盛一除，看誰還敢瞎參奏了！這樣一來，相爺您在朝堂之上，就如昆侖山一般穩固了。您的恩澤必如日月經天，令孩兒們受惠不淺呢。

眾　來來來，孩兒們再敬父親（相父、相爺）一杯！

嚴　嵩　（舉杯不喝，唱）
宦海沉浮六十春，
八十老翁棋險勝。
我好比雄心勃勃登山嶺，
虎豹滅，不勝高處最寒冷。
我好比哪吒鬧大海，
海晏清，茫茫天際太淒清……
嚴世蕃　父親，兒子敬父親一杯！
嚴　嵩　唉！
（唱）世蕃兒酒色蒙心少品行，
真擔心，半世心血一朝毀在他的身。
鄢懋卿　相爺，懋卿敬相爺一杯！
嚴　嵩　（白他一眼）哼！

（唱）鄢懋卿生性太愚蠢，

他竟然將曾銑之子作螟蛉。

趙文華 相父，乾兒子這杯酒您一定得喝啊！

嚴　嵩 （瞪他一眼）好吧，我喝。（酒到口邊又放下了）

（唱）趙文華最有心機辦事穩，

只可惜他心懷叵測常常要耍小聰明。

湯　勤 相爺，門生這杯酒……

嚴　嵩 （沒好氣地）哇！

（唱）看門狗莫如這小湯勤，

只因他斷了脊樑叫人太看輕。

眾 父親（相父、相爺）您這是……

嚴　嵩 （唱）孤獨的感覺向誰云？

唯有寡淡酒一樽。

唉！

我只得暫且收起悲苦情，

強作歡顏慰眾人。

（故意哈哈大笑——）孩兒們，老夫因想如今這局面來之不易，因而在這鈴山堂上慎獨哩。

眾　（欣喜地）原來如此。父親（相父、相爺）的心胸真如江河湖海，孩兒們這杯酒……

嚴嵩　乾！

眾　乾！

嚴嵩　（把空酒杯一放）唉！

眾　父親（相父、相爺）為什麼又歎起氣來了？

嚴嵩　（望望眾人）你們誰能知曉老夫此刻的心情啊。

嚴世蕃　莫非廟堂之上還有一個眼中之釘？

嚴嵩　（搖搖頭）眼中釘自然還有，但已無足重輕了。

鄢懋卿　莫非為楊繼盛之子楊元吉沒有緝拿歸案？

嚴　嵩　（搖頭）一條小小泥鰍，怕他作甚。

湯　勤　（一打掌）對了，一定是相爺想起了在逃的曾銑之子曾榮。他拐帶相府千金，至今未成緝捕歸案。這與相府的面子實在——

嚴　嵩　（瞪一眼湯，又歎一口氣）唉！你猜是猜到一些了，可是要抓住曾榮，還真是不易呢。

湯　勤　相爺，我馬上……

嚴　嵩　（一擺手）不用說了。

趙文華　（笑笑）乾爹的心思我最清楚。是不是大喜的日子，您老又思念起蘭貞姪女了？

嚴　嵩　（厲聲地）你還好意思說！都是你，還有你！（指指鄢懋卿）

湯　勤　（又賣弄又幸災樂禍地）嘿嘿，要不是我湯勤，曾榮這小子就瞞過了。相爺……

嚴　嵩　（怨恨地）你也是個無用的東西！

嚴世蕃　父親，今日大喜的日子，就不要去想這些不高興的事了。

我想我們還是叫一班歌妓來助助興怎麼樣？

鄢懋卿 是啊是啊。我聽說淡粉樓有個十七歲剛剛出道的歌妓色藝著實不錯，只是這小妞眼架高，差不多的官宦人家還請她不動呢。

嚴世蕃 我們家也請不動嗎？

鄢、趙、湯 她敢！

嚴　嵩 好好請人家，不要以勢壓人。

嚴世蕃 是，父親。——來人。

▲老管家上。

管　家 老爺有何吩咐？

嚴世蕃 拿我的命帖去淡粉樓喚——哦，請，請那個——那個歌妓叫——

鄢懋卿 叫佛奴。

嚴　嵩 叫佛奴？

鄢懋卿 如來佛的佛，奴家的奴。

嚴　嵩 （沉吟地）佛奴，佛奴，好個新奇的名字！我看不用讓人家來府了，我到要鬆動鬆動筋骨，不如我們走一趟淡粉樓？

眾 （驚喜地）難得父親（相父、相爺）如此興致，我們走一趟淡粉樓！

嚴世蕃 來，打道淡粉樓。

管　家 是！

▲暗轉復明。

▲淡粉樓佛奴房間。窗外是花園，有垂柳和荼蘼花架。

▲佛奴坐在繡凳上對著花園沉思。桌上放著毫無熱氣的早點。

佛　奴 （唱）望園中荼蘼花謝柳成蔭，

桃李結子寫光陰。

佛奴我年已十七長成人，

從未得親生父母舔犢恩。

楊生他一去無音訊，

怕的是紈絝子弟逢場作戲難當真。

只是我神思恍惚失琴心，
半月來他的身影常常乘虛入夢境。
看來是父母恩還是夫妻情，
佛奴女兩者皆無份。

▲翠兒捧茶上。

翠兒 （見早餐）姐姐，你怎麼還不吃早飯，敢是又在思念楊公子了。

佛奴 （掩飾地）沒，沒有。

翠兒 你騙誰！這楊公子，說話不算話。哼，男人啊全是爛心爛肺的。

佛奴 翠兒，不可責怪別人。我們樂戶人家，本來終日在虛情假意之中，又怎能要求別人事事當真呢。

翠兒 話雖這麼說，可前朝師師小姐，不是連宋皇爺也對她動了真情？

佛奴 人家師師小姐是什麼人？我又是什麼人？怎能與她相提並論！唉，但凡佛奴有個父親或者母親疼愛，此生便是不嫁人也罷了。

翠兒　可惜我們偏偏這樣命苦，連自己爹娘長什麼樣也不知道，還要受鴇母的打罵在這種地方強顏賣笑！

▲鴇母上。

鴇母　阿囡，阿囡！

佛奴　給媽媽請安。

鴇母　（乾笑）罷哉罷哉，我格阿囡就是懂規矩。（見早餐）哎呀阿囡，你怎麼還沒有吃早飯呢？（一摸）哎呀冷掉了。翠兒，快去給你姐姐熱一熱。

翠兒　是。（端早點下）

鴇母　（乾笑）阿囡，你看你茶飯不思的，是又想念那個楊公子了吧？阿囡呀，我勸你打消這個念頭算了，到今朝他還不來，是不會來的了。男人們的臭脾氣媽媽我最清楚，沒一個有真情的。他們上我們這種地方，不就是買個虛情假意嗎？我們呢，也是指著這虛情假意吃飯的嘛。

佛奴　（厭惡地走開）可是，可是這世上沒有真情，教人如何活下去呢？

鴇母 要說真情，媽媽我待阿囡倒是一片真情的呀。你看你，吃穿用度，媽媽我哪一樣不依著阿囡？

佛奴 （冷冷地）不知媽媽這會兒來……

鴇母 哦，哦，（乾笑）今朝媽媽遇到一點小小麻煩，想請阿囡幫個忙。唉，就是這個短命的韓尚書公子又遣人來，要阿囡去他家唱曲呢。

佛奴 （一拂袖）女兒不去。女兒身子不爽。

鴇母 前番你不去，好容易搪塞過去，今番再不去，我怕……

▲翠兒端早點上。

翠兒 這韓尚書府姐姐不能去。

鴇母 小丫頭，我不撕了你的嘴。不去不去，不去要大禍臨頭的！（對佛奴）阿囡，聽娘話，去虛應個故事度過這一關算了。

佛奴 媽媽，這個韓尚書公子實在不堪，我是死也不去的。懇求媽媽再回絕他一次，也許他就此死心了。

鴇　母　（無奈，忍住氣）好吧，我硬著頭皮再打發他一次。要是不行，阿囡，你無論如何要幫媽媽的。唉！（下）

▲忽然傳來吵嚷聲。韓公子帶了家丁推推搡搡地推著鴇母上。

韓公子　（走到佛奴跟前）佛奴姑娘，好大的架子，韓某這廂有禮了。

佛　奴　（不情願地）不敢。佛奴還禮。

韓公子　（哈哈大笑）這不很好嘛。今日韓某親自登門，這，佛奴姑娘總該賞個臉了吧？

佛　奴　對不起，佛奴實實是嗓子壞了，難於從命。

韓公子　嗓子壞了？（冷笑）怕是佛奴姑娘瞧不起韓某吧。

佛　奴　佛奴不敢。

韓公子　諒你也不敢。好，廢話少說，小的們，替我請一請佛奴姑娘。

眾家丁　是！（七手八腳地要上來拖）

翠　兒　（護住佛奴）你們幹什麼，不許胡來！

韓公子　（一把扯開翠兒）滾開！與我帶走。

▲正拉拉扯扯間，忽報「嚴相爺駕到！」

▲嚴嵩、嚴世蕃、鄢懋卿、趙文華、湯勤帶眾家丁上。

嚴　嵩　誰在這裡無理取鬧。

韓公子　（尷尬地）給相爺請安！我，我這是要請佛奴姑娘去寒舍唱個堂會。

嚴　嵩　請去唱堂會？有你這樣請法的嗎？

韓公子　我……她……

趙文華　什麼我、他——滾！

韓公子　（陪笑）是，是。（對家丁）還不快滾！（對嚴嵩等）相爺，列位大臣，請便，請便。（輕輕自語）晦氣！（帶家丁下）

鴇　母　嘿嘿，嘿嘿，小婦人給相爺磕頭。（推佛奴）阿囡，快謝過相爺。

佛　奴　民女拜見相爺，謝相爺解圍之恩。

嚴　嵩　罷了。——你就是佛奴姑娘？

佛　奴　是。

嚴嵩 （唱）見佛奴我暗自吃驚，
美姣容傾國傾城。
眉宇間顧盼飛揚女兒清芬，
我與她相傳遞祖孫宿因。
心恍惚彷彿是重逢蘭貞！
佛奴姑娘，不敢動問，姑娘是何方人氏？因何流落在歌院之內？
佛奴 （觸動心事）相爺！
（唱）嚴相爺殷殷垂問情意真，
佛奴女好一似父母重生。
相爺呀，賤婢我襁褓之中失慈親，
也不知何方人氏何家門。
只知拐子將我賣入院，
從此打熬在煙花村。

血淚斑斑十七春，
愁城之中度光陰。

嚴　嵩　（對鴇母）嗯？

鴇　母　（連忙跪下）相爺，天地良心，自從阿囡成人之後，我是連一個手指頭也不曾碰過她一下了。如今我把她當成一顆夜明珠，真是捧在手裡怕冷，含在口裡怕烊。相爺不信，可以再問問我阿囡。——阿囡，你說句良心話，媽媽我如今待你可好？

佛　奴　媽媽如今待我是好的。可是……（抹淚）

嚴　嵩　（傷感）唉！
（唱）佛奴女一番哭訴情，
哀婉淒清動惻隱。
真稀奇，我心本是鐵鑄成，
怎會得為一女孩柔波生？

湯　勤　相爺，何不讓這佛奴姑娘清歌一曲，以消相爺煩悶？

嚴　嵩　（還沉浸在思緒中）嗯，嗯。

湯　勤　佛奴姑娘，把你的好曲子唱一個讓相爺解悶。

佛　奴　（接過翠兒送上的琵琶）是。

▲佛奴剛要唱，叫嚴嵩攔住。

嚴　嵩　不，不不。

湯　勤　那……對對，將她帶回府去。

嚴　嵩　（一瞪眼）胡說！

嚴世蕃　父親的意思是……

嚴　嵩　世蕃，你看著佛奴姑娘可像一個人？

眾　像一個人？

嚴世蕃　（一陣細看）哦。像，像，真像！

鄢、趙、湯　像，像，像。

鄢懋卿　相爺，你別傷感。我想嘛，不出幾年，我們一定會把蘭貞找回來的。

嚴　嵩　（怨恨地）還不都是你幹的好事！

鄢懋卿　這個……是，是是。

趙文華　（揣摩嚴嵩的心思，試探地）乾爹，我看著佛奴姑娘的確與蘭貞姪女相貌態度一般無二，不如讓東樓兄將她認作螟蛉之女，接回府中侍奉乾爹乾娘，豈不是好？

嚴　嵩　（高興地）嗯，好，好。就不知本人願不願意。

湯　勤　佛奴姑娘，你的造化來了。還不快快拜見爹爹、祖父！

佛　奴　（看看鴇母）媽媽……

鴇　母　（尷尬地笑笑，無奈地）阿囡，相爺肯認你作孫囡，那是你前世修來的福氣，快，快去拜見。

佛　奴　（唱）驛外斷橋無主梅，
　移入溫柔鄉中栽。
　我不圖相府聲顯赫，
　只為親情情無邊。

佛奴女，上前來，

恭恭敬敬將高堂拜。

再拜見慈祥和藹的老祖台。

嚴　嵩　哈哈哈！孫兒罷了。

眾　恭喜相爺，賀喜相爺！我等這廂參見相府千金。

佛　奴　（還禮）不敢！眾家叔父受姪女一拜。

眾　免禮，免禮！

嚴　嵩　（對鴇母）媽媽，不知佛奴兒的贖身紋銀所需幾何？

鴇　母　這個……

眾　嗯……

嚴　嵩　（一揚手阻止眾人）媽媽你儘管說，要贖身銀多少？

鴇　母　（偷眼望望眾人，苦笑笑）既是相爺認親，小婦人怎敢言錢。以後只求相爺多多看顧我們淡粉樓，就什麼都有了。

嚴　嵩　如此，孫兒，陪伴為祖回府吧。

佛　奴　孫兒遵命。（上前攙扶嚴嵩）

嚴　嵩　來，打道回府。哈哈哈！（眾人圍隨嚴嵩下）

鴇　母　咳，晦氣，晦氣，好好一座金山眼巴巴叫人搬走了！（欲下）

▲楊元吉上。

楊元吉　（唱）暗聯絡反嚴志士窮奔走，

　　記前約冒險來到淡粉樓。

媽媽慢走！敢問媽媽，佛奴姑娘可在閨中？

鴇　母　（回身）喲！楊公子。（冷笑）佛奴姑娘？佛奴姑娘交上好運，做佛奴千金去了。

楊元吉　媽媽此話怎講？

鴇　母　嚴相府已將阿囡接走，害老身人財兩空不說，恐怕淡粉樓遲早要關門大吉了哉！

楊元吉　媽媽，你，你不是在誑人吧。

鴇　母　騙人？我騙你做啥。（忽然悲從中來，哭）哎喲喲，我的阿囡哎！

楊元吉　（大驚）羊落虎口，糟了！這可怎麼辦呢？老賊老賊，你害我楊氏一門不算，還不放過元吉鍾愛的女子，我，我與你不共戴天！

▲燈暗。

第四場　相約相國府

▲距前場七年後的嘉靖四十一年。

▲中幕外，相府後院門外。

▲楊元吉貨郎打扮，挑貨擔上。

楊元吉　賣花線唻！

（唱）楊元吉，扮貨郎，走街穿巷，
大隱者，隱於市，憂憤滿腔。

聯絡了，眾義士，鬥志昂揚，
時機到，定叫那，奸黨伏降。
我心中，最牽掛，佛奴姑娘，
在狼窩，不知她，生活得怎樣？
今朝我，又來此，思緒潮漲，
期盼著，見佳麗，傾訴衷腸。

唉，整整七年了！佛奴姑娘，你知不知道，七年來，元吉時時牽記於你呢。——賣花線咪！

▲翠兒上。

翠　兒　（唱）為買花線出花牆，
見一貨郎在花巷。
喂，小二哥哥請過來，作成你生意了。

楊元吉　（回頭一喜）翠兒姐姐！

翠　兒　（奇怪）咦，你怎麼叫得出我的名字？

楊元吉　（摘下貨郎帽）翠兒姐姐，你不認識我了？

翠　兒　（驚喜地）哎呀，原來是楊——

楊元吉　（以手制止）噓！噤聲。

翠　兒　公子，你怎麼如此打扮？你怎麼也不遣人前來提親？你有沒有去過院中？難道媽媽沒有告訴你嗎？你可知道，七年來，我家小姐日思夜想，兩個月前還大病一場呢！

楊元吉　唉！一時我不知該從何說起。噢，你家小姐在府中日子過得怎麼樣？

翠　兒　小姐生活得很好，相爺已將她認作孫女。她如今惟有苦苦思念公子你呀。

楊元吉　（有些意外，沉思地）這……

（唱）聽說是，佛奴女，生活無傷，

楊元吉，半是失落半迷茫。

難道說，老嚴嵩，人性未喪，

救弱女，出火坑，真心相幫？

不，不可能！

豺狼心，心殘忍，冷若冰霜，

茅房板，絕不會，改裝佛堂。

會不會，情事泄，禍心包藏，

騙紅妝，入相府，瀟湘布網？

這，這，這怎麼辦……

翠　兒　（笑）楊公子，什麼這個那個的，快，快跟我進府去面見姐姐。（拉楊）

楊元吉　不，不不。

翠　兒　（疑惑地）公子，媽媽說你早就變心了。難道你真的變心了嗎？

楊元吉　（搖搖頭）七年之中，楊元吉哪天不把佛奴二字念叨幾遍啊！

翠　兒　那就快快隨我進府去吧。（又拉）

楊元吉　翠兒，你不知道，現在情況有變。

翠　兒　情況有變？

楊元吉　哦，我家遭變故了。

翠　兒　（疑惑地）你家遭變故了？遭什麼變故？——哦，我正想問你，你怎麼做起貨郎來了？

楊元吉　唉！一言難盡。翠兒姐姐，此處不是說話的地方。這樣吧，你去告訴你家小姐，三天後讓她設法悄悄去城郊紅螺寺，我在那裡等她。

翠　兒　你是說，三天之後你們約在紅螺寺相會？

楊元吉　（點點頭）是的。記住，不可讓任何人知道。——那邊有人來了，我該走了。——那麼說定了，三天后，紅螺寺見，不見不散！（分頭下）

▲中幕啟。

▲相府佛奴堂樓。長窗外，秋葉如火。

▲佛奴在窗下繡一幅《百壽圖》。

佛　奴　（唱）老祖父八十三歲壽誕近，
曳彩線繡成錦圖表寸心。
七年來，祖父待我如親孫女，

佛奴我不忘滴滴雨露恩。
兩月前，我思念楊生得了病，
祖父他親嚐湯藥餵我飲。
我本當欲將心事訴他聽，
細思量，不可冒失造次行。
楊生他至今不來提婚姻，
是他父母不答應，
還是他紈絝子弟變了心？
老祖父位居極品有權柄，
我須得候機會慢慢求他去打聽。

▲嚴嵩偕夫人歐陽氏帶二家院上。一家院捧一瓶，一家院捧一盒。

嚴　嵩　啊孫兒，你的身體已經大好了吧？

佛　奴　拜見祖父祖母，孫兒的身體已然大好了。

歐陽氏 我兒仍需好好調養，不可操勞太過。（見《百壽圖》）喲，《百壽圖》將要完工了。好鮮亮的活計呀！

嚴　嵩 （朗笑）難得我兒如此一片孝心。來，寶瓶呈上。

家　院 是。（呈瓶）

佛　奴 祖父，這是……

嚴　嵩 這是稀世珍奇羊脂白玉寶瓶，是達達國國王剛剛進貢來的，聖上見我喜愛，就賜予了我。唉！

佛　奴 祖父因何歎氣？

歐陽氏 佛奴，兒啊。

（唱）看著這羊脂白玉瓶一樽，
勾起你祖父陣陣傷懷情。
想從前我嚴府曾有這稀世珍，
陳設大廳光彩增。

那一年你蘭貞姐姐鬧府門，

率丫鬟，砸彩燈，打碎了那一樽羊脂白玉瓶，

也打碎了你祖父一片愛孫心。

佛　奴　蘭貞姐姐何故要如此大鬧？

歐陽氏　（唱）為的是她夜深不見夫婿回鄢門，

她以為你祖父已將孫婿害了命。

佛　奴　這就奇了。那姐夫是誰？蘭貞姐姐因何會怎麼猜疑？

嚴　嵩　（唱）都只為我從小對她太寵愛，

她聽信謠言一時任性胡亂行。

佛　奴　那後來呢？姐夫有否找到？

嚴　嵩　她丈夫不是好好在嘛。——佛奴兒，不用再提她了。如今我二老有了你，就足夠了。

歐陽氏　是啊是啊。我兒，如今又有你在我二老身邊，你又如此孝順，我們老年人好安慰呵。

佛奴兒，

（唱）你祖父何止送的白玉瓶，
他是要找回骨肉親情樂天倫。

佛　奴　謝祖父祖母一片拳拳愛心，只是孫女我無法報答萬一，於心不安。

嚴　嵩　哎，說什麼報答不報答的，這就不是一家子的說話了。如果非要說報答，你能終身陪伴在我二老身邊，就是最好的報答了。（拿眼示意歐陽氏）

歐陽氏　噢，對了。佛奴兒，你年紀也不小了，我二老今日上樓是想替兒擇定一門親事，不知我兒意下如何？

佛　奴　替我定一門親事？
（唱）二老為我議婚姻，
我是又喜又怕暗沉吟。
喜的是埋在心底的七年情，
趁此機會可申明。
怕的是祖父已將人選定，

我怎能違拗傷他心？

左思右想心不寧……

歐陽氏 佛奴兒，你有什麼想法，只管說與我二老聽聽。只要……

佛　奴 （會意）孫兒我——

嚴　嵩 （唱）孫兒我決然不會離嚴門。

哈哈哈！果然我兒一片至孝之心。兒啊，你放心，為祖父一定為你擇一乘龍快婿入贅府中。

佛　奴 不知祖父為孫兒擇定哪家公子？

嚴　嵩 （笑）前車之鑑，我哪敢輕率從事。來，畫影呈上。

家　院 是。（呈盒）

嚴　嵩 （開盒，一張一張地拿出畫影）這是御史府的大公子，這是學士府的二公子，這是尚書府的三公子，這是……

佛　奴 （唱）老祖台一片愛心感肺腑，

擇佳婿，畫影好似姻緣簿。
他哪知我心中只有一楊生，
張張畫影任翻過。

嚴嵩 我兒，你相中哪家公子？

佛奴 我……（低頭弄衣帶）

嚴嵩 一個也沒有中意的麼？

佛奴 （抬起頭）孫兒我……祖母！

歐陽氏 莫非我兒早已有意中人了麼？

佛奴 （唱）老祖母善解人意暖心窩，
我不能再將機會來錯過。
祖父祖母啊，
孫兒確已有了意中人，
說出來不知二老可依我？

嚴　嵩　只要我兒看中的，我二老無不依從。

歐陽氏　以我兒的人品眼光，我想此人一定才貌非凡吧？

嚴　嵩　但不知他是哪府的公子？

佛　奴　他麼，他就是兵部武選司家的公子，名喚楊元吉。

嚴　嵩　（一怔）什麼什麼，你再說一遍。

佛　奴　他是兵部武選司家的公子，名喚楊元吉。

歐陽氏　是他家公子。佛奴兒，你——

嚴　嵩　（制止夫人）嗯！

（唱）佛奴兒說出一句話，

如焦雷擊得我周身麻。

親孫女誤將曾榮嫁，

到如今音容間隔在天涯。

慰荒涼有緣識得佛奴女，

不料想她又打錯了這鴛鴦卦。

說又不能說，

嘸又嘸不下；

恨又無從恨，

捨又難割捨。

我待要想就一個萬全策……

佛　奴　（疑惑地）祖父祖母，楊家公子不好麼？

嚴　嵩　（掩飾地）這個麼……好啊，好啊。我不是說過，只要我兒看中，我二老無不依從。

佛　奴　（笑）多謝祖父祖母。只是……

嚴　嵩　只是什麼？

佛　奴　只是那一次雖然我們約定，楊公子回府稟明父母就來替我贖身，可他一去從此就沒有了消息。如今七年過去了……

嚴　嵩　看來他是個口是心非的混帳男人。

佛　奴　不是的，他決不是這樣的人。內中必定有另外原因。

歐陽氏　那我兒的意思是……

佛　奴　我想懇求祖父設法替孫兒問問武宣司大臣。

嚴　嵩　（沉吟片刻，忽然計從心來）好吧，為祖父答應你，一定找機會問問楊大人。

佛　奴　（欣喜地）謝謝祖父，謝謝祖父！

▲老管家上。

管　家　稟老爺，鄢大人、趙大人，還有湯勤湯大人有要事求見。

嚴　嵩　說我花廳相見。

管　家　是。（下）

嚴　嵩　我兒，你好生歇著。夫人，我們走吧。

歐陽氏　（望望嚴嵩，無奈地）佛奴兒，你要小心身子，不可太過操勞了。

佛　奴　是。送祖父祖母。祖父祖母走好！

▲嚴嵩夫婦下。

佛　奴　（唱）想不到機緣真湊巧，
　　提親事打就了鴛鴦稿。
楊郎啊，有祖父點定這天河篙，
牛女會，無須七七渡鵲橋。

▲翠兒內聲：「姐姐！姐姐！」匆匆上。

翠　兒　姐姐，方才你命翠兒上街買線，你猜我遇見誰了？

佛　奴　遇見誰了？

翠　兒　翠兒遇見一個貨郎了。

佛　奴　買花線本來要找貨郎。

翠　兒　那貨郎你猜是誰？

佛　奴　貨郎麼就是貨郎，你管他是誰。

翠　兒　他竟然是楊公子呢！

佛　奴　什麼！那貨郎是楊公子？楊郎怎麼成了貨郎了？

翠兒　我也不知道啊。

佛奴　你不會問問清楚麼？

翠兒　我問了，他不說。

佛奴　那你不會請他進府來呀？

翠兒　我何嘗不請了？他不肯。

佛奴　（起身）我找他去。

翠兒　哎哎，（拉住佛奴）姐姐不用去了，他早已經走了。他要我告訴姐姐，三天之後設法去城郊紅螺寺相會。

佛奴　三天後紅螺寺相會？楊郎！

▲燈暗。

第五場　引捕楊元吉

▲三天後，京郊紅螺寺齋房。秋雨瀟瀟。窗外一棵巨大的柿子樹，累累果實在雨中更顯得殷紅。

▲張氏病骨支離，對窗獨坐。

張　氏　（唱）蝸居七年紅螺寺，

僧房寂寂秋雨時。

可憐我病骨支離命懸一線如遊絲，

淚面不乾常悲思。

老爺他書生意氣心太癡，

為皇家一味愚忠去送死。

我本當百無生理赴冥司，

都只為放不下楊門一脈單丁子。

▲楊元吉捧湯藥上。

楊元吉 母親，吃藥了。

張　氏 （搖搖頭）不吃了；吃了也無用的。元吉兒啊，

（唱）你爹爹含冤熱血灑丹墀，

到如今貔貅依然薰天勢。

柿花謝落結柿子，

忠良何日可伸志？

楊元吉 母親，

（唱）你休道貔貅依然薰天勢，

敗象已露細微處。

嚴世蕃沉湎酒色太誤事，

未能及時承帝旨。

嚴嵩賊年老昏聵失才思，
難合上意進青詞。
鄒雲龍假借避雨會內侍，
幽微曲折盡探知。
如今是眾義士歃血已盟誓，
扳倒嚴黨無非早與遲。

張　氏　若果然如此，為娘我就是死了，也可去見你爹爹了。（喝藥）

楊元吉　母親，有一件事孩兒七年前就想稟告母親的，一場變故就此擱了下來。如今也不知該怎麼說了。

張　氏　什麼事，你就說吧。

楊元吉　七年前，孩兒與鄒兄聯絡義士，偶然路過歌院淡粉樓後園，結識了一位奇女子。她品貌姣好，賢淑溫柔，孩兒與她一見傾心，已訂下百年鴛盟。當時孩兒答應她回家稟明父母，就去替她贖身，不料我家突遭變故，此事就此擱下。誰知她竟為嚴嵩老賊擄去，聽說已將她認作義孫。孩兒想，這其中會不會有詐？母親，孩兒是一定要想法子搭救她出火坑的。

張　氏　那女子雖淪落歌院，但她能為我兒所鍾愛，可見一定是個不俗的女子。只是我家目前這樣處境，自顧不暇，焉能顧及於她。再說她現在嚴府，老賊是否有設計抓捕於你的可能，就更加難於搭救了。再說，人心是會變的，知道這幾年她生活在嚴府，會不會染上奸氣？

楊元吉　不會，不會。不要說乾孫女，就是親孫女嚴蘭貞不是也不同流合污，現在還跟著曾家公子出逃在外嗎？

張　氏　（點點頭）這倒也是。只是怎麼個搭救法呢？

楊元吉　（欣喜地）母親，三天前，孩兒假扮貨郎前去嚴府後院探聽，正巧遇見她的使女翠兒。母親，

（唱）佛奴女雖然相府進，

七年來他從未曾忘前盟。

兩月前他思念孩兒成了病，
我與她已約下今日相會在佛門。

張　氏　什麼，你已經約她來紅螺寺了？

楊元吉　（唱）母親但請放寬心，
兒叮嚀要她主僕悄悄行。

張　氏　（沉吟一下）好吧，一切須要多加小心。為娘要進內歇息去了。

楊元吉　孩兒扶母親回房。（攙扶張氏下）

▲明空上。

明　空　阿彌陀佛，明空有請公子。

▲楊元吉上。

楊元吉　師太何事？

明　空　公子，有一位前來進香的小姐，名喚佛奴，她要求見公子。不知公子見是不見？

楊元吉　她來了麼？（欣喜地）見！見！請師太快快引她進來。

明　空　是。（向內）佛奴小姐，公子有請。（下）

▲佛奴帶翠兒上。

佛　奴　（唱）瞞祖父，出相府，踏上姻緣路，

佛奴女，進佛門，果然佛相助。

楊元吉　佛奴小姐，楊元吉這廂有禮了！

佛　奴　（一見之下，萬分激動）楊郎！你，你想得我好苦啊！

（唱）與楊郎粉樓一別情依依，

佛奴女心香一瓣盼佳期。

誰知你一去無消息，

我是思緒繚亂費猜疑。

難道是令尊令堂不同意？

難道你只是逢場來作戲？

難道你出門遠行歸未及？

難道你纏綿床榻為病欺？
今日相對郎君面，
百慮冰消淚如雨。

楊元吉　（唱）佛奴女，一番話，感人心肺，
消疑慮，還須問，她別後際遇。
小姐啊，如今你是堂堂相府千金女，
我不知嬌花怎移富貴地？

佛　奴　（唱）尚書公子行無禮，
多虧了相爺救我免遭欺。
老祖父憐惜孤苦女，
接我進府松柏依。
七年來二老待我像親孫女，
佛奴我來世也難報答這恩義。

楊元吉　（自語）這倒難了！叫我如何對她說呢？

佛　奴　楊郎，聽翠兒說，七年前你家遭了變故，不知究竟是怎麼一回事？

楊元吉　（掩飾地）哦哦，也沒什麼……都已經過去了。

佛　奴　（舒心地）這就好了。楊郎，你知道，如今佛奴別無他求，唯一希望就是你早早來府提親。祖父母有言，只要佛奴相中的夫婿，他們一概應承的。

楊元吉　這，這……這恐怕很難。

佛　奴　這有何難？莫不是令尊令堂不同意麼？

楊元吉　不不，家母非常贊成的。

佛　奴　這不是很好麼！楊郎，快遣冰媒來吧。

楊元吉　這……這……

佛　奴　楊郎，你這是怎麼了？難道是你反悔，不願意了？

楊元吉　不不不。我怎麼會不願意？只是——

▲張氏由使女攙扶跌跌撞撞上。

張　氏　元吉兒！元吉兒！

楊元吉　母親，你怎麼起床來了？

佛　奴　這是伯母吧。（上前與楊一同扶住張氏到椅子上坐下）佛奴給伯母請安！

張　氏　（用手擋住）這位小姐，老身受禮不起。

佛　奴　（一怔）伯母你……

張　氏　小姐乃堂堂相府千金，民婦怎敢受你的禮呢？

佛　奴　伯母說哪裡話來，我與公子相識於貧賤之時——

張　氏　（打斷）可如今我家遭了變故，已……一貧如洗了。

佛　奴　這我並未介意。七年來，我朝思暮想，就盼望有一天能伺候伯父伯母。

張　氏　不敢。（遲疑一下）小姐，你知道我家因何弄到如此不堪地步的麼？

楊元吉　母親！（示意張氏不要講）

佛　奴　這正是佛奴不明白的。（轉向楊元吉）究竟是為了什麼？

楊元吉　這……這……

張氏　（冷笑）這要多謝你們啊。

佛奴　（錯愕）多謝我們？（再次面向楊）這怎麼講呢？

楊元吉　母親，我求求你，你不要說了！

張氏　我……唉！好了，不說了，不說了。不過元吉兒，你要記住，決不能做不忠不孝之事。小姐，恕老身病體支離，我要進內歇息去，不能奉陪了。（下）

佛奴　伯母！伯母！楊郎，這到底是怎麼一回事呀？

（唱）伯母她言語怪異態度冷，

其中必定有原因。

楊郎啊，你家因何遭變故？

為什麼府門不住住佛門？

楊元吉　（唱）小姐不必細盤問，

此事不久自會明。

待到春雷一聲驚，
我與你花好月圓永不離分。

佛　奴　（迷茫地點點頭）楊郎！（與之相擁）

▲嚴府二使女上。

二使女　小姐，時候不早，該回府了。

佛　奴　（嚇了一跳）你們，你們怎麼知道我在這裡？

使女甲　是相爺吩咐我們尋訪到此的。

使女乙　相爺說，他背上又犯酸痛病了，要小姐給他捶背呢。

佛　奴　（狐疑地）是嗎。

使女甲　相爺每回犯病，不都是小姐給捶好的嗎？

佛　奴　楊郎，望你快遣媒冰前來提親。翠兒，我們回府吧。

楊元吉　小姐！（欲言又止）

佛　奴　楊郎，你要早些來啊！

楊元吉　小姐，小姐，我，我，我有多少衷腸話要對你訴說。

佛　奴　我也是，我也是啊。我等著你來提親，我盼著洞房花燭的那一天！

二使女　請小姐上轎。

楊元吉　小姐！

佛　奴　楊郎！

▲依依惜別。佛奴帶翠兒下。

楊元吉　（仰面對天）完了！（頹然跌坐在椅子上）

▲湯勤帶家將上。

湯　勤　小的們，與我拿下了！

眾家將　是！（將楊捆綁、押走）

▲明空攙扶張氏跌跌撞撞上。

張　氏　（抱住一家將腿）你們不能抓走他！你們不能！

家　將　（將張氏掀翻）去你的吧，老東西。

楊元吉　（回頭，悲慘地）母親！母親！都是孩兒將你害了。（被推走）

張　氏　元吉兒！元吉……兒……（昏厥）

湯　勤　嘿嘿，老不死的。（耀武揚威地下）

明　空　（扶起張氏）老夫人！老夫人！

▲燈暗。

第六場　懲奸鈴山堂

▲數天後。

▲相府鈴山堂。壽燭高燒。

▲眾家院、使女捧壽禮過場。

▲趙文華、鄢懋卿、湯勤引百官給嚴嵩夫婦行禮。

嚴　嵩　眾位大人，先請花廳待茶。

眾　官　多謝相爺。（由湯勤陪下）

嚴　嵩　伯欽！

▲湯勤上。

湯　勤　相爺有何吩咐？

嚴　嵩　楊元吉招供沒有？

湯　勤　這個死頑固跟他老子一個樣，就是不開口。

嚴　嵩　加緊審問，務必要在午牌前撬開他的嘴巴。這樣，今天壽堂之上就可以……（做個一網打盡的手勢）明白麼？

湯　勤　卑職明白。（下）

鄢懋卿　相爺，這個楊元吉再不招供，殺了算了。

趙文華　是呀，留著總是個禍害。相爺，不可重蹈曾榮逃走的覆轍啊。

嚴　嵩　到午牌時分還不招供就——（手勢：殺）

趙文華　東樓兄怎麼到現在還不回府？

嚴　嵩　（笑）適才家院來報，萬歲還在逍遙宮麗妃那裡，怕是要午牌時分方在勤政殿召見賜匾呢。不用等他，我們繼續上壽吧。

趙文華　是。有請老夫人出堂！

▲歐陽氏由丫鬟攙扶上。

歐陽氏　老爺，恭喜！

嚴　嵩　夫人同喜！

趙文華　闔府拜壽！

▲樂起。一隊隊男女僕人拜壽過場。

▲佛奴帶翠兒持《百壽圖》上。

佛　奴　孫兒大禮參拜，恭祝祖父祖母福如東海，壽比南山！

（唱）百壽錦圖獻壽翁，
　　祝二老福壽綿綿不老松。

佛奴女從小失父母，
不堪回首歌院中。
多虧祖父憐弱女，
草花移入牡丹叢。
七年來二老待我恩義隆，
孫兒我點點滴滴記心中。
我已對神明盟誓言，
盡孝心，終身不離來侍奉。（獻圖）

嚴　嵩　我的兒，難為你一片孝心，我二老十分欣慰，一旁坐下。

歐陽氏

佛　奴　謝祖父祖母。（坐）

趙文華　相父，我看佛奴姪女溫婉孝順，實在勝過蘭貞多多了。

嚴　嵩　是啊，是啊。哈哈哈！

▲老管家上。

老管家　稟相爺，御史鄒雲龍鄒大人，總兵王大人，給事中李大人前來拜壽。

嚴　嵩　（自語）鄒雲龍？他怎麼會來？（一想）嘿，來得正好。──說我有請！

管　家　相爺有請鄒大人王大人李大人！（下）

嚴　嵩　夫人、孫兒，你們暫且回避了。

佛　奴　是。

歐陽氏　佛奴兒，來。（二人下）

▲鄒雲龍帶僮兒抬禮盒與王李二人上。

鄒雲龍　（唱）老嚴嵩獨攬朝綱二十年，
忠良臣屢遭殘害冤沉海。
休道你冰山巍巍多峻險，
春陽一照也崩坍。

休道你樹大盤根又錯節，
利斧揮處本末摧。
天轉青，海變藍，
懲除奸黨在今天。
為保元吉兄弟命安全，
鄒雲龍裝作誠心拜壽來。

下官鄒雲龍給相爺拜壽！

▲僮兒放下禮盒下。

王、李　給相爺拜壽！

鄢懋卿
趙文華　（疑惑地對視）這鄒雲龍，他唱的是哪一齣？

嚴　嵩　嘿嘿，鄒大人，還有王大人李大人，快快請起。來，給鄒大人看座。

家　院　是。

嚴　嵩　老夫壽誕驚動鄒大人，萬萬不敢啊。

鄒雲龍　相爺說哪裡話來。相爺八三大秩，文武百官都來祝壽，下官豈能不來！

嚴　嵩　哦，哈哈哈！這麼說，鄒大人與老夫可謂志同道合的了？

鄒雲龍　豈敢，豈敢。

鄢懋卿、趙文華　鄒大人，這豈敢二字怎麼講？倒要請教。

鄒雲龍　（冷笑）嚴相國乃當朝宰相，一人之下，萬萬人之上，下官是甚等樣人，豈敢與相爺同志合道呢！

鄢懋卿　只要大人肯真心追隨相爺，這個志不就同了？

鄒雲龍　今日雲龍登門拜壽，未知鄢大人以為算不算志同？算不算道合？

嚴鄢趙　（一愣，即哈哈大笑）好，說的好！

▲翠兒上。

翠　兒　（自語）聞聽鄒雲龍來府拜壽，小姐要我前來探聽探聽。（向內張望）果然是鄒大

人。（一邊用手勢示意鄒，一邊嘴裡發出「噓」聲）

嚴　嵩　是誰在門外打擾？

趙文華　（出去）翠兒，你這是做什麼？

翠　兒　（不理趙，進門）相爺，我家小姐有事想問問鄒大人。

嚴　嵩　嗯，你們與鄒大人相識？（又狐疑地望望鄒）

鄒雲龍　哦，七年前的春天，雲龍和楊元吉偶然去了一趟淡粉樓，佛奴小姐與元吉兩情相悅，就此訂下了百年之盟。翠兒，你這是……

翠　兒　稟相爺，鄒大人今日來府拜壽，真是天緣湊巧，何不就請鄒大人作了冰媒之人？

趙文華　小丫頭，你懂什麼。冰媒是這麼隨便就請的麼？還不快快下去！

翠　兒　（白一眼趙）相爺！

嚴　嵩　翠兒，下去吧。

翠　兒　相爺……

嚴　嵩　我知道了，你下去吧。

▲翠兒嘟囔著下去。

▲湯勤上。

湯　勤　稟相爺，午牌已到，楊元吉他還是不肯招供。

嚴　嵩　哼！立刻將他押去地牢——

湯　勤　是。（下）

王、李　（面面相覷，即刻起身）相爺，你這裡有事，恕我等告退！（倉惶下）

嚴　嵩　（變臉）來呀，與我將鄒雲龍拿下了！

鄒雲龍　（慢慢站起，兩手一擋）好！（大笑）好得很，好得很哪！

（唱）罵嚴嵩你惡貫滿盈罪滔滔，

死到臨頭還張囂。

鄒雲龍一身是膽闖虎穴，

正朝綱，明是非，懲惡除奸在今宵！

聖旨下！

眾 （面面相覷）聖旨下？

嚴嵩 （一怯，即哈哈大笑）好個狂徒。還不與我拿下了！

▲眾家將又欲動手。

鄒雲龍 欽差在此，誰敢動我一根毫毛！

嚴嵩 （冷笑）欽差？哼，（伸手）拿來。

鄒雲龍 （指指禮盒）請！

嚴嵩 不要壽禮，我要聖旨。

鄒雲龍 不錯，就是它啊。

嚴嵩 （心虛地）文華，打開禮盒，諒他也拿不出什麼聖旨。

趙文華 （戰戰兢兢地打開盒蓋）稟相府，確是一道聖旨呢。

▲湯勤跌爬而上。

湯勤 相相相爺，大事不不好，羽林軍已將相府團團圍住了！

眾 （大驚）什麼？羽林軍把相府圍住了？

嚴　嵩　（強作鎮靜）荒什麼！文華，取聖旨來。

鄒雲龍　（飛快奪過聖旨，大聲地）聖旨下！

眾　（下跪）萬萬歲！

鄒雲龍　（讀）奉天承運皇帝詔曰：嚴氏父子多年以來結黨營私，殘害忠良，擾亂朝綱，圖謀不軌，著嚴世蕃立即押赴西市處斬，嚴嵩、趙文華、鄢懋卿等捉拿歸案。欽此！

——羽林軍，與我拿下了！

▲羽林軍將嚴、趙、鄢等綁了。湯勤溜下。

▲佛奴帶翠兒哭上。

佛　奴　（撲向嚴嵩，為羽林軍攔住）祖父，祖父，這是怎麼一回事？這到底是怎麼一回事啊！

▲楊元吉上。

楊元吉　佛奴小姐！

佛　奴　（又撲向楊）楊郎，你來得正好，求求你快救救我祖父吧！我不明白怎麼會弄成這樣。你幫我求求鄒大人，放了祖父吧。

楊元吉　（一聲冷笑，推開佛奴）嚴嵩啊，老賊！想不到你也會有今天，你也會有今天！哈哈哈哈，哈哈哈哈！

佛　奴　楊郎，鄒大人，你們與祖父到底有什麼仇冤？以前怎麼從來沒聽你們說過？好好的，這是為什麼，為什麼啊……

鄒雲龍　佛奴姑娘，你不知道，嚴嵩他，他他是個大大的奸臣。

佛　奴　（對楊）大大的奸臣？不，不不，他是個多麼和藹的老人，多麼慈愛的祖父啊！

楊元吉　他的的確確是個無惡不作的大奸賊，殺人不眨眼的劊子手。佛奴，佛奴，要我怎麼說你才明白啊？哦，聖旨不是也下來了麼？

佛　奴　（迷茫地連連搖頭）不懂，不懂。我什麼都糊塗了。（搖搖欲跌）

翠　兒　（扶住佛）小姐，小姐！

鄒雲龍　將嚴嵩等押上囚車。

羽林軍　是。走！

▲一使女慌慌張張上。

使女　小姐，小姐，老夫人她，她已在內堂懸樑自盡了！

嚴嵩　（回頭）夫人！

佛奴　（慘叫）祖母！（暈厥）

▲燈暗。

第七場　情難囹圄地

▲數日後。

▲天牢。一脈斜陽穿過牢房。

▲嚴嵩萬念俱灰地喝著酒。

嚴嵩　（唱）夕陽一脈照牢房，
死氣撲面倍悽惶。

老夫我掌握國柄二十年，
好似騎馬走刀芒。
總以為政敵消除權穩固，
不料想一朝失勢瓦上霜。
到如今萬貫家財付東流，
只落得子死妻亡一根鐵鍊赴渺茫。

（發現酒沒了）來人！

▲禁子捧酒罈自斟自酌上。

禁　子　叫什麼叫！

嚴　嵩　拿酒來。

禁　子　酒？沒有了。

嚴　嵩　大膽！給我拿。

禁　子　（冷笑）你以為你還是相爺？咕！

嚴嵩　狗頭！連你也這麼勢利眼麼？快給我拿去。

禁子　勢利眼？不錯，我就是勢利眼。（顧自喝酒）酒已喝光了。

嚴嵩　喝光了？聖上賜給老夫兩罈上用佳釀，才兩天，怎麼，就光了？那你喝的是什麼？

禁子　（一虛，下意識將抱著的酒罈緊了緊）相爺，不是我勢利，實在人心都是如此。你也知道，靠山吃山，靠水吃水，當禁子的就吃犯人。相爺，如今你身無分文，萬歲賜的御酒，不該孝敬小人幾盅麼？

嚴嵩　狗頭！（舉拳欲打）

禁子　好，好，相爺，你也別發火了。這叫穿紫袍呼么喝六，著襤衫吃碗冷粥。你看看，到如今還有誰來看你呢？好吧，借著你的餘炎，我再給你一壺就是。（倒酒）相爺，你就慢慢喝吧，喝一口就少一口了。（下）

嚴嵩　（喝酒）我這才算嘗到虎落平陽的滋味了。唉！
（唱）這世間人情不及半張紙，
又怎怪少心缺肺一禁子？

怨老天既許嚴嵩登天志，
卻因何半途抽梯失支持！

禁子所言不差，到如今權勢盡失，親人零落，還會有誰來看我？佛奴，佛奴，你怎麼也不來呢？莫非你——也勢利眼麼？

（唱）佛奴她雖非我親孫女，
清純至性有情義。
她待我二老是真心，
無有攀龍附鳳意。

不過也是難說的呀！

這世間人心最難測，
我就是翻手雲，覆手雨，以怨報德的老蠢驢。

如今我自己成了倒楣之人，為何還要牽連一個無辜的姑娘？他是不該來這種地方的。她應當去走自己的路。佛奴，我的好孫女，我真的好想你啊！

▲佛奴滿身縞素，呼喚：「祖父！祖父！」與翠兒提食盒上。

佛　奴　（唱）祖母懸樑命歸西，

佛奴女哀哀哭號悲無依。

幾天來我飲食不進身心疲，

陰陽兩界路途迷。

祖母她頻頻托夢血淚啼，

放不下祖父垂老陷囹圄。

我只得強忍創痛踽踽行，

來到這滿目淒涼的傷心地。

祖父在哪裡？祖父在哪裡？

嚴　嵩　（一見之下，淚眼矇矓）孫兒！我的好孫兒！

佛　奴　（撲向嚴）祖父！（哭）

嚴　嵩　孫兒，你到底來了。兒啊，

（唱）一見我兒心歡喜，
禁不住老淚縱橫如小溪。
孫兒啊，你不顧人世風霜劍，
來探望我這千古罪人一愚豬。

佛奴　（唱）祖父啊，你既為一代梟雄心如鐵，
為什麼卻對弱女繞指之柔倍憐惜？

嚴嵩　（唱）孫兒啊，我作梟雄為霸業，
憐愛你，是我自然天性未泯滅。

佛奴　（唱）祖父啊，你學富五車應洞悉，
為什麼要蹈覆轍把國竊？

嚴嵩　（唱）孫兒啊，從來帝王無種起豪傑，
天不助我我命該絕。

佛奴　（唱）祖父啊，權欲本如飲鴆液，

此物解渴命要竭。

嚴　嵩　（唱）孫兒你休再提那權欲事，
成王敗寇無悔時。
你能盡孝來生祭，
祖父我了無掛礙赴陰司。

佛　奴　祖父！（哭，相擁）

▲楊元吉上。

楊元吉　走啊！
（唱）尋訪佛奴到天牢，
姻緣締定在今朝。

▲禁子上。

禁　子　見過楊大人。

楊元吉　牢門打開。

禁　子　是。（下）

楊元吉　佛奴小姐！佛奴小姐！

佛　奴　（驚喜）楊郎！你也來了？難道你是來……

楊元吉　小姐，

（唱）楊元吉尋訪芳蹤遍京城，
果然你受恩必報遵古訓。
如今你生祭已畢盡人情，
快隨我脫去素服換紅裙。

佛　奴　楊郎，你不是來開脫祖父的麼？

楊元吉　佛奴，你好糊塗啊！

（唱）老嚴嵩他是一條惡豺狼，
欺主謀逆亂朝綱。
他屈殺我父楊繼盛，

又害伯父楊繼康。
紅螺寺內將我擒，
害我母投落枯井一命亡。
如這樣國仇家恨怎能忘？
小姐啊，你要認清本質切莫上他當！

佛　奴　（唱）楊郎你字字血淚痛人心，
不由我怨恨祖父心太狠。
只是他待我確是真心意，
我不能一朝忍心忘深恩。
待等我送他歸西後，
我一定不負前約上楊門。

楊元吉　小姐啊，
（唱）我今日特地來牢門，

不單為求你親口允婚姻。
我要你當面與老賊斷親情，
忠奸從來涇渭分。

佛　奴　楊郎，這，這我恐怕做不到的。——祖父！（哭）

楊元吉　（厲聲）嚴嵩，你知道你該怎麼做麼？

嚴　嵩　（得意地）我廟堂失意，不怨天，不尤人，只恨命運不濟。可是我也有人情至性，我與佛奴兒投緣，我們的親情是發自內心的，誰也休想拆散我們。——孫女兒！

佛　奴　祖父！（再次相擁）

楊元吉　嘿嘿，真會做戲！（直問嚴到臉上）你也有人情至性？你也有發自內心的親情？嚴嵩，你死到臨頭還想騙取一個純潔女孩兒的同情之淚麼？

嚴　嵩　不敢。楊公子，我想你到底年輕，不懂人心的複雜。楊公子，你我兩家確是結下了海樣的深仇。你無論怎樣對我，我都不會計較，也不敢有半句怨言。可是，我畢竟是人，儘管用你們的話說是人面獸心；人面獸心也終究是人啊，他也有人的感情。

你知道，我嚴嵩是從不求人的，我今天就求你一回：楊公子，你讓我臨死之前再擁有一份人世最後的親情吧。

楊元吉 佛奴小姐，你應當明明白白地告訴他，是他剝奪了千千萬萬忠良之家的親情，他也就不配享有這最後一份人世的親情！

佛　奴 楊郎，你要我這麼說，我做不到。我真的做不到。（哭）楊郎，你，你就答應祖父的請求。你就答應了吧。你看看這個孑然一身的老人，你看他是多麼地無助啊！

楊元吉 佛奴小姐，你太慈悲太軟弱了。你要我怎麼說你才明白呢？（不由落淚）

嚴　嵩 楊公子，你是真心要娶佛奴兒的，你就該理解她的心情。我求你不要再逼她與我斷絕這最後一段親情了，橫豎這親情在我死去之後就會結束。我求你了！

楊元吉 （冷笑）可笑！她不與你扯斷親情，你叫我如何娶她呢？

嚴　嵩 （絕望地）佛奴，我的好孫兒！

佛　奴 祖父！（再次相擁）

嚴　嵩 （唱）嚴嵩奸名成定論，

萬年遺臭臭難聞。
權欲害人罪不輕，
結下了怨仇一層層。
如今我一家也滅門，
人到悔處淚獨吞。
勸孫兒答應楊生斷親情，
你與他百年好合度今生。

佛　奴　祖父！（悲泣）我，我怎麼忍得下心啊！

嚴　嵩　楊公子，你能當著我的面，保證一生一世都善待佛奴兒麼？

楊元吉　你有什麼資格要求我這麼做！

嚴　嵩　（無奈地）佛奴，我的兒！你，你就跟隨楊生好好過活去吧。嚴嵩我，我不連累你了！（將佛奴一推，猛地轉身觸柱而亡）

佛　奴　（撲過去）祖父，祖父！你為什麼要這樣？你為什麼要這樣啊！

楊元吉　（拉佛奴）佛奴小姐，他這是自作自受，罪有應得。我們回家吧。

佛　奴　（回身推開楊，撕心裂肺地）祖父！（嚎啕大哭，長跪不起）

楊元吉　佛奴！佛奴！

▲幕後合唱：

葉背葉面雨露愛，

人心人情參透難。

溪流本明澈，

泥沙攪清白。

花朵自嬌豔，

風雪來摧殘。

這人世要如何抑欲念，揚關愛，少隔膜，多理解，

終至得算清這筆難算的債？

▲閉幕。

編劇後記

這是一個頗受爭議的本子。爭議的焦點是：可不可以這樣來寫奸臣？專家們認為，劇本總體構思完整，人物集中而鮮明，主題比較深刻，從人性的高度來分析一個奸臣，文學性很強，是一般戲劇作者所未能達到的境界。但是，他們又認為，戲劇，尤其越劇，畢竟不同於小說，你寫出「奸臣也有善良的一面」，但劇團和領導會不認同。當然，這樣的意見不無道理，但是我堅持把它寫出來了；劇團、領導不認可，我把它交給讀者。

情還明宮

七場古裝越劇

人物表

劉　璟　字仲璟，已故御史中丞誠意伯劉基次子，學士吳伯宗義子，閤門史，二十二歲。

胡端娘　太子妃，權相胡惟庸之女，二十歲。

朱　標　明太子，二十六歲。

吳淑儀　吳伯宗女，十八歲。

吳伯宗　武英殿大學士，四十九歲。

太　祖　即朱元璋，明開國皇帝，五十三歲。

陳　氏　吳伯宗妻，四十五歲。

賢　貞　宮女，十七歲。

蔡公公　老太監。

內侍、宮女、羽林軍、學士府家丁使女。

第一場　起禍

▲明洪武十三年清明日。

▲明宮偏殿。

▲太祖邊飲酒邊觀看宮女歌舞。

▲幕後合唱：

寶鼎新焚鳳髓香，

翠罼得意貯瓊漿。

鐘山千仞連帝京，

長江萬里勢汪洋。

南番十國歲歲貢，

百姓富足年年強。

歌管樓台聲聲細，

太平盛世歡娛長。

太　祖　（歌舞聲中心甜意洽地）來！本章侍候。

▲小太監呈上奏章，太祖邊聽邊讀，越讀越生氣，最後一擊龍案，歌舞停，宮女退下。

太　祖　（唱）閱罷奏章怒滿容，

一本本參奏權相胡惟庸。

孤皇我金陵定鼎威儀隆，

卻不料元戎原來是奸雄。

今日裡朕若不將逆臣斬，

豈非是三十年大明江山要斷送？

（冷笑）孤皇我一向善待功臣，又選他女兒為東宮太子之妃，不料胡惟庸這逆賊，他竟暗中勾結北蠻，圖謀我大明江山，我豈能容他！待我宣召劉璟、吳伯宗上殿，共商討賊大計。

▲正要宣召，朱標帶胡惟庸上。

朱　標　（念）為救岳父見父皇，

胡惟庸　（念）生死未卜心惶惶。

朱　標　兒臣叩見父皇。

胡惟庸　罪臣胡惟庸恭請萬歲聖安！（跪）

太　祖　少禮，平身。

胡惟庸　謝萬歲！（站起，一邊拭汗）

太　祖　好快的耳報風啊！（冷笑）胡丞相，只怕孤皇我受不起你的大禮吧。

胡惟庸　（又跪下，磕頭如搗蒜）總是罪臣一時糊塗，聽信番賊的蠱惑，求萬歲開恩！（一邊拉拉朱標的衣角，示意幫忙）

朱　標　父皇，胡惟庸他只是一時糊塗，還望父皇看在兒臣的份上，赦免了他這一遭吧。

太　祖　（將奏章遞於朱標）這樣兇險的亂臣賊子，是赦免得的麼？

朱　標　（接過奏章，讀罷大驚）這……

胡惟庸　（老淚縱橫）萬歲，都怪老臣一時鬼迷心竅，受了陳寧、涂節的縱容。懇求萬歲念臣往日功勞，又與萬歲有絲羅之誼，免臣一死吧！（脫下烏沙）萬歲呀，

（唱）臣歸萬歲在和州，
鞍前馬後幾十秋。
洪武十年拜丞相，
衣帶漸寬不覺瘦。
望求萬歲開隆恩，
保命情願不作侯。

▲蔡公公上。

蔡公公　啟奏萬歲，閣門史劉璟、武英殿大學士吳伯宗在宮門候旨。

太　祖　宣他們上殿。

蔡公公　是。萬歲有旨，劉璟、吳伯宗上殿！

▲劉、吳內聲：「臣領旨！」上。

吳伯宗　（唱）胡惟庸謀反有確證，

劉　璟　（唱）報與明君雪仇恨！

吳伯宗、劉璟　臣等見駕吾皇萬歲，萬萬歲！

太　祖　二卿平身。（笑）二卿請看，誰人在此？

劉　璟　（一驚）

（唱）一見胡賊怒火生，

滿腔熱血滾騰騰。

劉璟我先把密書呈，

胡惟庸通敵的鐵罪證。

林賢下獄已招認，

招海倭，胡賊他要滅我大明！

太　祖　胡惟庸謀反之事已罪證確鑿。標兒，你看該如何處置呢？

朱　標　這……

胡惟庸　（哭求）望殿下看在娘娘的份上，替老臣求求萬歲吧！

朱　標　（猶豫再三）父皇啊，

（唱）胡惟庸原是股肱臣，

曾與你父皇同死生。

又何況與我王室結秦晉，

端娘她東宮賢德第一人。

父皇若將惟庸斬，

有恐後宮不安寧。

自古大夫不上刑，

懇求父皇施仁政。

太　祖　吳愛卿，你以為當如何發落？

胡惟庸　吳大人，看在你我同朝為官多年的份上，替我美言幾句吧！

吳伯宗 萬歲，胡惟庸謀反罪在不赦。依臣之見嘛……念他往日功勞，可免其一死，廢為庶人，逐出京城，永不擢用。

劉　璟 （早已不耐煩了）啊呀萬歲，臣以為切切不可姑息養奸！

太　祖 小劉璟，依你之見呢？

胡惟庸 劉大人，劉大人，你，你就網開一面吧……

劉　璟 （唱）金殿之上形勢緊，

胡賊他勢敗搶先求赦恩。

殿下是柔弱難斷翁婿情，

老寄父心慈手軟忘前恨。

只有劉璟冤仇深，

胡賊他害我劉氏一滿門。

今日裡如若不把仇來報，

我劉璟枉立天地枉為人！

萬歲呀，
王莽纂位漢室微，
追根溯源要怪元帝。
若不寵信王鳳賊，
平帝哪得身首異？
玄宗英才世少有，
「開元之治」史稱奇，
只因姑息安祿山，
致使連年兵戈起。
萬歲呀，
斬草除根保社稷，
當機立斷你莫遲疑！

朱　標　父皇！還是赦免丞相吧。為君者理當以仁治天下。

太　祖　（怒）好一個「以仁治天下」！你這是婦人之仁！連一個亂臣賊子你都下不了狠心，日後如何保得江山？哼，真真沒用的東西！來呀，

眾校尉　有！

太　祖　將逆賊胡惟庸推出午門斬首。

眾校尉　是！（押胡下）

太　祖　羽林軍，

羽林軍　有！

太　祖　速速包圍丞相府，不許走漏一人。

羽林軍　是！（下）

劉　璟　啟奏萬歲，不知奸臣之女胡端娘，萬歲預備如何發落？

太　祖　這……小劉璟，

劉　璟　臣在！

太　祖　我這裡有聖旨一道，命你前去東宮拿問罪妃胡端娘，並與太子共同審理。

朱標 （大驚失色）且慢！父皇，胡惟庸罪不容赦，理應誅之。可端娘她溫存賢淑，並無過錯。請父皇看在兒臣份上，網開一面，饒她一命吧！

太祖 嗯……謀逆之罪，滅門九族。我大明律法條條，豈可為一婦人而亂？皇兒，孤皇為你另選新妃，你下去吧。劉璟！

劉璟 臣在！

太祖 （發聖旨）領命去吧。

劉璟 （接旨，得意地）臣領旨！（行之舞台前中，雙膝跪地。追光。）爹爹、母親在天之靈：今日裡胡賊惡貫滿盈，滅門九族，我劉氏一門的滔天冤仇終於得報了！爹爹，母親，你們在九泉之下也該含笑瞑目了。哈哈哈，（狂笑）胡惟庸啊胡惟庸，你也有今日，哈哈哈……

▲燈暗。

第二場　折柳

▲時間同前場。

▲玄武湖畔御花園先春亭。湖光山色，春意盎然。

▲幕後合唱：

　姹紫嫣紅先春亭，

　春風先拂錦屏人。

　杯杯醇酒杯杯情，

　杯杯深情奉郎君。

▲幕啟，宮女來來往往擺設酒宴。畫外傳來端娘、賢貞的笑聲。

▲端娘、賢貞嬉戲追逐上。

端娘　賢貞，別鬧了。你看啊，

賢貞　（唱）先春亭畔春意濃，

端娘　（唱）春光不與別處同。

賢貞　（唱）柳絲籠翠煙，

端娘　（唱）桃花如火紅；

賢貞　（唱）遠山橫淡雲，

端娘　（唱）近水流淙淙。

賢貞　（唱）歎韶光易逝難久永，

端娘　（唱）娘娘啊，

莫辜負這美景良辰好春風！

賢貞　娘娘，今日是你二十芳誕，還有……（指指端娘腹部）

我可要把這個好消息告訴殿下了。

端娘　不許你告訴他。

賢　貞　啊，娘娘，這天大的喜事，你怎麼忍心瞞著殿下呢？

端　娘　（羞澀地）你，你呀！

賢　貞　（會意地）哦，我明白了。（狡黠地）我明白了。

▲內聲：「殿下駕到！」

▲朱標失魂落魄上。

端　娘　妾身迎接殿下。

賢　貞　小婢叩見殿下。

朱　標　（愛憐地對端娘一瞥）愛妃不必多禮。

端　娘　啊，殿下，你雙目無神，面色蒼白，定是勤習政務，十分勞累。今日清明佳節，為妻略備酒肴，為君消乏。請殿下飲上一杯！

朱　標　謝愛妃。（敷衍地飲下）

▲旁唱：

一個是春風滿面勸勸酒，

一個是萬箭穿心愁上愁。

滿園春色晴方好，

頃刻間，狂飆吹折宮檣柳。

▲賢貞為二人斟酒。

端娘 殿下呀！

（唱）你看這畫燕對對香巢暖，

恩恩愛愛頻呢喃。

朱標 （唱）只可惜勞燕纏綣一時歡，

春去秋來要歸南。

端娘 （唱）你再看鴛鴦對對水中伴，

不離不棄情不斷。

朱標 （唱）只可惜鴛鴦有翅不能飛，

到時節捧打鴛鴦難團圓！

端娘 殿下你愁雲滿面，出語頹喪，怕是有什麼事鬱結心頭吧？

朱標 ……

賢貞 娘娘，殿下定是政務疲勞，少有遊興。娘娘，小婢我自有辦法叫殿下開心。殿下，小婢恭賀殿下三喜臨門！

朱標 （一怔）三喜臨門？朱標我何來三喜？

賢貞 （斟酒）殿下，這第一喜呀！

（唱）自從萬歲將太子定，

國泰民安四海平。

請殿下娘娘滿飲此杯！

朱標 （飲畢，搖頭）這二喜呢？

賢貞 （斟酒）這二喜，難道殿下忘了麼？

（唱）三月初九正清明，

午時二刻是芳辰。

朱　標　（驚起）啊呀，今天是愛妃芳誕，我倒忘了，待朱標敬娘娘一杯。

端　娘　（飲畢）謝殿下。

朱　標　那這三喜呢？

賢　貞　這三喜麼，請殿下猜上一猜。

朱　標　（不耐煩地）不要胡鬧了，你快說吧！

賢　貞　（唱）殿下呀，

　　　　娘娘她二月未見有月信，

　　　她腹內已有皇家後代根！

朱　標　（再次驚起）什麼，什麼，愛妃你已身懷龍種了嗎？

賢　貞　千真萬確！

朱　標　（痛上加痛）愛妃！

端　娘　殿下！（相擁）

▲外音：「我與你另選新妃，你下去吧！」重複一遍。

朱　標　唉！（推開端娘）

端　娘　（發覺有異）殿下，難道你不高興麼？

朱　標　不，不，不……唉！（把酒狠狠喝下）

端　娘　殿下，莫非你有什麼心事？

朱　標　我……唉！（自斟一杯，狠喝）

端　娘　殿下，你一定有十分為難之事，不妨說出來，讓為妻與你分憂解愁。

朱　標　（拉住端娘雙手）愛妃，我說出來，你千萬要挺住啊！

端　娘　（若有所覺）難道……不，不，（下決心）殿下，你就說吧！

朱　標　愛妃啊！

（唱）岳父他伴駕不忠有二心，

老父皇龍顏震怒你禍臨門！

端　娘　（一驚）那……我父他……他現在何處！

朱　標　你一家老小俱已綁赴午門候斬了！

端　娘　啊呀！（欲倒地）

朱　標　愛妃！愛妃！

▲蔡公公上

賢　貞、蔡公公　娘娘！娘娘！

端　娘　（唱）焦雷當頂天地昏，

不由我肝腸欲裂淚紛紛。

恨只恨逆父圖謀顛乾坤，

害全家屈赴枉死城。

我的母半生操勞倍苦辛，

我的弟年未弱冠黃泉近。

胡門從此斷了根，

九壤之下負罵名！

賢　貞　事已至此，娘娘自己千萬保重。

蔡公公　（忍不住欲說）娘娘……

朱　標　蔡公公……（連連搖手）

端　娘　（看看朱標，又看看蔡公公）你們還有什麼事情瞞著我？莫非……連我的性命也難保麼？

朱　標　（連連搖手）不，不，不……

蔡公公　娘娘！萬歲他……他要將你一併處置！

端　娘　（大驚）啊呀！（昏厥）

蔡公公、賢貞　娘娘！娘娘！

朱　標　愛妃！愛妃！

端　娘　（唱）蔡公公一句話擊得我頭暈目眩，
慶生日卻不料死期將臨！

朱　標　天哪！天哪！

蔡公公、賢貞　殿下，你快想想辦法，救救娘娘吧！

朱標　（痛苦之極）我有什麼辦法？我有什麼辦法啊！（痛哭）

端娘　（回過神來）

（唱）勸君休要哭哀哀，

只怪端娘生來命太蹇。

想當初我花朝花容入宮來，

與殿下如漆似膠識恨晚。

殿下你日落日出勤攻讀，

為妻我相伴相守未懈怠。

殿下你侍君侍臣習朝政，

為妻我調漿調肴費官裁。

原以為佐夫佐國業萬代，

哪知曉斷腸斷魂與君訣別在眼前！

殿下呀，今日一別成永訣，

只求你，清明日慶生吊死到墳台。

朱　標　我的愛妃呀！

（唱）愛妃你溫存賢德世少有，

與朱標愛河同開並蒂蓮。

實指望耳鬢廝磨到白首，

卻不料株連滅門將你害。

恨朱標無有鐵腕救賢淑，

我與你來生再續今生戀。

端　娘　殿下！

朱　標　愛妃！（抱頭痛哭）

▲女獨旁唱：腸欲斷，欲斷腸，生離死別夢一場。

朱　標　愛妃，你不要怨我，你不要怨我啊！（隱去）

賢　貞　啊呀娘娘，殿下既然無力搭救娘娘，奴婢情願替娘娘一死！娘娘呀，

（唱）賢貞自幼失爹娘，
多虧娘娘來收養。
如今你蒙受奇冤遭不白，
我豈能眼睜睜看你赴無常？
娘娘，我與你調換衣衫，你快逃生去吧！

端　娘　這，這如何使得呢？

蔡公公　娘娘，難得賢貞如此忠義，你快更換衣衫，待咱家護送你逃生去吧！

端　娘　這是萬萬使不得的！

賢　貞　娘娘！（跪下）
（唱）你仁慈寬厚人人敬，
又何況身懷龍種帝王孫。
賢貞我孤身一人無牽掛，
我情願捨棄一命換兩命。

端　娘　端娘就是出得宮去，也無路可行啊！

蔡公公　娘娘啊！（跪）

（唱）娘娘不可太灰心，

熬過長夜旭日臨。

縱然你不惜自己身，

怎忍心斷了大明後代根！

端　娘　這……這……

賢　貞　快換吧！（換衣）

▲內聲：「聖旨到！」

蔡公公　娘娘，聖旨已到園門，你若再遲疑，就走不成了。

▲賢貞見娘娘不肯走，毅然衝上攔杆，大叫一聲：「娘娘快走啊！」投入玄武湖中。

端　娘　賢貞妹妹！

蔡公公　娘娘，快隨我來！（拖端娘急下。）

▲劉璟帶羽林軍上。一羽林軍衝上欄杆一看。

羽林軍　稟大人，端妃已投湖自盡。

劉　璟　啊！

▲切光。

第三場　逢生

▲翌年春天。春雨瀟瀟。

▲鳳陽城郊靈廟。舞台一側為「靈根殿」。

▲幕後合唱；

花落又是一年春，

母藤子瓜任飄零。

不辨東西與南北，

走投無路到佛門。

▲瑞娘內唱；

淫雨路滑步履沉，

▲端娘抱小孩踉踉蹌蹌上。

端　娘（接唱）傷春時節欲斷魂。

老父謀逆遭株連，

為王儲，我含悲忍辱出宮門。

殿下，你，你可知道啊

一年來，我東躲西藏難安身，

巢湖邊，和州道，

貧病交加在涼亭。

更難忘，身懷六甲路難行，

產麟子，大雪紛飛在山村。
好容易，回得故里鳳陽城，
又誰知，千里遠親也被誅盡。
問蒼天，王法條條保大明，
為什麼，錯殺無辜良莠混？

▲幕後幫唱：

為什麼，錯殺無辜良莠混，
恭順的皇媳命難存？

端　娘　（接唱）問蒼天，王法條條保大明，
為什麼，卻要斷大明的後代根？
兒啊兒，為娘命如風前燈，
怎堪想，乳燕失恃孤零零。
（近前）靈廟！想這佛門淨土，定會有善人搭救我兒的。

我……（欲放嬌兒，不忍，反而抱得更緊。後下決心，將兒放於香爐邊，又抱起，如是者再三，才狠狠心放下，轉身欲走，兒啼，復抱起。）

端娘　（唱）兒啊兒，非是為娘心腸狠，
靈廟前，定有善人來照應。

▲吳淑儀內聲：「母親，天放晴了！」偕陳氏帶丫環上。端娘抱兒躲過一邊。

淑儀　（唱）雨過天晴山色青，

陳氏　（唱）母女靈廟還願心。

淑儀　（唱）母親啊，
屈指算，二老雙壽壽期近，

陳氏　（接唱）因此上，帶我兒靈根殿裡問婚姻。

淑儀　母親，你和爹爹雙壽大慶之期就要到了，女兒我還有一幅《雙壽圖》沒有繡好，你，你怎麼還要叫我一起到廟中問什麼婚姻呢！

陳　氏　儀兒啊，

（唱）劉璟兒他自從離京脫虎口，

寄居我家十一秋。

你倆是朝夕相伴兩相投，

親親密密情意稠。

趁壽期，為娘要撮合你們結鸞儔，

先有心，菩薩跟前去問喜憂。

淑　儀　母親，你不用去問菩薩的。

陳　氏　什麼，不用問菩薩？

淑　儀　哎！

陳　氏　是你不願意嗎？

淑　儀　母親！……誰說不願意來？

陳　氏　那，不該先問問菩薩麼？

淑　儀　母親啊！

（唱）璟哥他多情種子性溫柔，

我們是靈犀一點心底透。

只要母親肯作主，

鴛鴦河中渡雙舟！

▲端娘將兒放在殿邊。

陳　氏　你呀你呀。喏，連羞也不怕了。

淑　儀　母親！

陳　氏　好了，好了。我們快進殿去吧！

▲剛欲進殿，傳來小孩啼哭聲。

淑　儀　這佛殿之旁，哪來小兒哭聲？

丫　環　（抱起小孩）夫人，小姐……

陳　氏　唔，好可愛的孩子。不知是男是女。（一看）哎呀，是個男孩呢！（接過小孩）

淑　儀　一定是貧窮人家無力撫養，才將他丟棄在此。母親，我們何不抱他回府，也是一件積德行善的大好事。（抱過小孩。小孩哭聲不斷。）

▲端娘聞兒啼哭，不能自持，欲上前抱回嬌兒，但猛然醒悟，又退下。小孩越哭越凶，陳氏、淑儀頓時沒了主意。端娘不顧一切，上前抱起孩子。哭聲漸止。

陳　氏　（詫異地）姑娘，你姓甚名誰，何方人氏？這孩子……

▲端娘緊緊抱住小孩，低頭不語。

陳　氏　姑娘，看你衣衫襤樓，形容憔悴，莫非有什麼意外的遭遇？不妨說於我聽，也許我們能幫助於你。

端　娘　（抱起小孩交還陳氏，唱）

一聽夫人來動問，
不由我強壓心慌將真情隱。
夫人呀，
小女子姓王名紫萍，

家住在揚州城外王家村。
爹爹他不務正業賭成性，
為抵債，他要賣我入娼門。
紫萍從小失娘親，
只有舅父在鳳陽城。
那一日爹爹酒醉久不醒，
我咬咬牙，孤身一人去逃生。
又誰知路遠迢迢來投奔，
舅父他早已故世無處尋。

淑儀 母親，看這位姐姐溫溫柔柔好個人品，況她命途多舛，實是可憐，望求母親認作義女收留府中吧！

陳氏 （點點頭）姑娘，既然你投親不著，無家可歸，不如隨我們一同回府吧？

端娘 這……

陳氏　怎麼，難道你不願意？

端娘　不，不。……

淑儀　紫萍姐姐，你就答應了吧。剛才，這孩子不是很聽你的話嗎？以後還要借重姐姐呢。來，快快拜見母親！

端娘　（看看淑儀，遲疑片刻）母親在上，受女兒一拜！

陳氏　女兒罷了。嘿嘿嘿……如此我們一同進殿祭拜！（同下）

▲劉璟騎馬帶僮兒風塵僕僕上。

劉璟　（唱）奉父命，出京邦，馬蹄踏香，
　　來接取，賢母女，又回鳳陽。
　　蒼山翠，碧水綠，鳥語清亮，

僮兒　公子，已到城郊靈廟啦。

劉璟　（接唱）見靈廟，不由我，心潮萬丈！
　僮兒，這靈廟乃是我落難時避居之地。當年，多虧菩薩保佑，使我巧遇義父義母，

收留府中，才有今日。待我進廟祝拜一番。（下馬進廟）

▲陳氏、淑儀、端娘、丫環抱小孩上。

陳　氏　那不是璟兒麼。璟兒，你怎麼也在這裡？

劉　璟　拜見義母！孩兒奉義父之命，前來接義母儀妹進京慶壽。

淑　儀　璟哥！

劉　璟　儀妹！

▲小孩突然啼哭。

劉　璟　母親，這是誰家的孩子？

淑　儀　（從丫環懷裡抱過孩子）璟哥，這孩子是剛才殿旁所拾。

你看，長得多可愛啊！

陳　氏　璟兒，來，見過你紫萍妹妹。

▲劉璟上前施禮，兩下大驚。

▲旁唱

猛一見，吃一驚，魄散魂飛！
人心狹，天地窄，冤家偏遇。

劉　璟　（唱）眼前人，似端妃，玉容依稀。

端　娘　（唱）分明是，劉仲璟，無庸置疑。

劉　璟　（唱）也許是，貌相像，別有好女？

端　娘　（唱）藏難藏，走難走，欲哭無淚。

劉　璟　（唱）我定要，釋疑雲，尋根問底。

端　娘　（唱）須鎮定，休慌張，簫代鳳笛。

▲切光

第四場　私祭

▲前場數日後。

▲學士府「新槐園」。

▲眾官員在喜樂聲中過場。劉璟帶家丁迎接。朱標上，劉璟欲與說話，朱不理，拂袖而去。

劉尷尬、歎息，隨下。

▲幕後合唱

壽堂生輝花添錦，

觥籌交錯鬧盈盈。

殷勤勸酒虧情客，

難慰負氣白眼人。

▲在一片祝壽聲中，胡端娘提食盒上。

端　娘　（唱）避過了，壽堂喧擾眾客面，
步幽徑，愁腸百轉意徘徊。
端娘我，隨同義母進京來，
傷心地，不堪回首九重哀。
淑儀她，百般撫慰倍親愛，
劉仲璟，話中有話費疑猜。
今日裡，二老雙壽慶盛典，
須提防，人多眼雜要招禍害。
掐指算，正逢我母冥壽日，
因此上，偷偷私祭到「新槐」。

▲朱標上。

朱　標　（唱）父皇他，遣我來，學士府中拜壽翁，

驚動了，眾官員，錦闕廳上鬧哄哄。
朱標我，哪有閒心頌東風，
一年來，唯有端娘在心中。

端娘 母親啊，親娘！
（唱）一炷香，願我娘良善早把蓮座登。
二炷香，願端娘鴛鴦舊夢得重溫。

朱標 這寂寂後園，好似有女子哭訴之聲。想吳門合府喜慶壽誕，怎會有人在此啼哭？
（循聲尋去）

端娘 三炷香——
（唱）求母親保佑嬌兒回宮門，
女兒我縱然再死也甘心。
母親，親娘啊……

▲朱標見端娘背影，不由大吃一驚。

▲旁唱

見女子，不由我，心旌蕩漾，

瘦削肩，纖纖腰，好熟的身量。

▲端娘回過身，兩人都怔住了。

朱　標　（唱）難道說，我一片癡情繫陰陽。

端　娘　（唱）難道說，驚鴻玉趾從天降？

朱　標　（唱）難道說，我錯把西施當王嬙？

端　娘　（唱）難道說，真是我夫郎到花巷？

▲兩人對視良久。

端　娘　殿下！

朱　標　端娘！

端　娘　（情不自禁投入朱標懷中）殿下……（哭泣）

朱　標　愛妃……（抱頭痛哭）愛妃，你，你不是已經……

端　娘　此事一言難盡。殿下，你，你要想辦法救嬌兒回宮啊！

朱　標　嬌兒？嬌兒現在哪裡？

端　娘　也在府中。

朱　標　快，快帶我看看嬌兒去！

端　娘　殿下，殿下，此事性急不得……

▲劉璟內聲：「殿下！殿下！」上。

▲朱、胡二人急忙分開。端娘躲入假山背後。

劉　璟　殿下，我知道你故意避開我。劉璟對不起你，我給你賠罪了！

朱　標　賠罪？你有什麼罪？你的功勞大得很哪！

劉　璟　唉！殿下呀，

（唱）想當年我為你東宮王儲充伴讀，

與殿下情同手足學蕭曹。

我只道後宮佳麗多多少，

你夫妻情深似海我豈料！
聞說你失妻痛妻常悲號，
劉璟我將心比心生懊惱。
我幾次進宮吃了閉門糕，

朱標　（接唱）我與你路歸路來橋歸橋！

劉璟　殿下，我是真心誠意給你賠情來的。殿下呀！
（唱）你可知前朝名臣包清正，
親斬侄兒在赤桑鎮。
為江山你要振精神，
殺你妻我深深賠情！

朱標　說得輕巧！你可知啊——
（唱）這世間至情最是夫妻情，
朱標我與愛妃情義海樣深。

我情願不要江山要紅粉，
何況她腹中已有帝王的孫。
劉璟啊！
為江山，你說我如何振精神？
殺我妻，你還有何顏來賠情！

劉　璟　（一驚）什麼什麼，娘娘她已身懷龍種了？

朱　標　劉璟，你，你好狠的心哪！

劉　璟　殿下，你為什麼不早早說明呢？為了皇孫，可令端妃帶罪待產。等皇孫落地再治罪不遲。

朱　標　愛妃她性命不保了，我還要皇孫作什麼？

劉　璟　殿下，你不要意氣用事。可知我大明律法條條，一人謀反，九族連坐。

朱　標　（冷笑）好一個「一人謀反，九族連坐」！劉璟，我且問你：我與端妃恩結夫妻，九族之中算不算一族：父皇乃端妃的公公，要不要一併連坐？劉璟呀！

（唱）想從前你父蒙冤被害時，
胡惟庸株連滿門要將你除。
是端娘於心不忍求父皇，
才使你釋罪被舉閣門史。
常言道得饒人處且饒人，
能寬恕時須寬恕。

劉　璟　原來如此！

（唱）聽罷殿下一番話，
不由我目瞪口呆愧有加。
雖然我娘娘賢名時有聞，
總以為沙土難以種桑麻。
正懷疑奸賊豈肯將我捨，
卻原來娘娘暗中送浮槎。

我不該疾惡忒過逼聖駕，
要株連東宮賢嬌娃。
到如今娘娘投湖已自盡，
玉樹傾倒難著花。
殿下啊，
劉璟我悔恨無及任處罰，
要打要殺無二話。（跪）

朱　標　哼！唉……

▲端娘禁不住嗚咽之聲。

劉　璟　誰？

▲端娘從假山背後出來。

劉　璟　原來是紫萍妹妹！（看看朱標，又看看端娘）你們……

▲內聲：「萬歲聖旨下！」

▲吳伯宗內聲：「快快接旨！」

▲太監內聲：「學士吳伯宗之女吳淑儀，紅粉青娥，卓然不群，著於洪武十四年桐月初九吉日良辰送嫁東宮。欽此！」

▲旁唱：

啊！

聖旨一道如霹靂，

擊散雙飛雙彩蝶。

端娘（唱）一點希望頓時滅，

我心如刀割片片裂。

宮門重重難以還，

看起來我母子難逃這生死劫。

朱標（唱）朱標我失去的明珠剛找回，

霎時間又線斷珠落難再覓。

劉　璟　（唱）噩夢方醒悔未及，
　　　　又向惡水潭中跌。
朱　標　不，不不。我要找父皇去。我要找父皇去！
端　娘　（悲不自勝）殿下！
朱　標　劉璟，都是你！都是你！
劉　璟　天哪！叫我怎麼辦？叫我怎麼辦啊……
▲切光

第五場　情訴

▲接前場。
▲學士府書房。

▲幕後合唱：

壽堂上賓客紛紛賀雙喜，
接聖旨學士夫婦像木雞。
吳淑儀獨立花蔭淚如雨，
劉璟他酒入愁腸醉成泥。

劉　璟　（唱）聽譙樓已然打二更，
劉璟我沉醉醒來心更沉。
總以為大仇已報冤已伸，
與儀妹人生百年結同心。
誰知曉不測之淵腳底生，
阮郎天台迷路徑。
都只為我仇恨太過失分寸，
選皇媳才會偏偏點中我心上人。

歎人間怨怨相報何時盡，
我是追悔已晚恨莫名。

（拿起桌上酒壺自斟自酌，嘴裡喃喃地）儀妹，你不能進宮。儀妹，你不能進宮啊……

▲夢幻。劉璟、淑儀兩情融融。

劉　璟　儀妹啊！

（唱）想當年我似那凍僵的雛雀到你家，
與儀妹芸窗相伴共長大。
我知你春心早隨春花發，
我也是寸寸相思如節拔。

淑　儀　（唱）相思情，如節拔，
我與你名姓早留在三生石。
璟哥啊，
盼望你早遣媒冰早作伐，

劉　璟　（唱）並蒂花，花如霞，
我與你朝朝暮暮情無涯。
今日裡欣逢二老壽誕期，
到華堂面求婚姻摘嬌花。
願我倆愛河早開並蒂花。

▲旁唱：
並蒂花，花如霞，
朝朝暮暮情無涯，情無涯。

淑　儀　璟哥！

劉　璟　儀妹！

▲燈暗。復明。

劉　璟　（夢醒，發覺懷中無人，悵茫地）儀妹！儀妹！

▲此時傳來「咚咚」的敲門聲。

劉　環　誰？

▲固執的敲門聲。

劉　環　（驚起）誰？（遲疑地打開門）

▲一把剪刀對準劉環的胸膛。隨即，端娘掩面而入。

劉　環　你是誰？你，你到底是誰？

▲端娘亮相。

劉　環　（失聲）娘娘！

▲端娘依然緊緊逼住劉環。劉環退避。

劉　環　娘娘，你不要這樣。娘娘，你不能這樣啊！娘娘……（二人對峙）娘娘，是劉環對不起你。但你知不知道，我劉門老小百口一脈忠良，盡都死在你父的刀下！這血海深仇，你叫劉環我如何忘得了啊！

端　娘　（慢慢放下拿剪刀的手）劉環，你，你害得我好苦呵！劉環，

（唱）胡惟庸謀反理當斬，

廟堂廓清國除害。
你不該良莠齊伐逼萬歲，
害端娘欲生不能死亦難。
你可知我從此不見慈母面，
思念娘親淚漣漣。
你可知我弱弟未冠赴黃泉，
胡門一脈絕後代。
你可知我潛出宮門愁滿懷，
失去義婢哭哀哀。
你害我恩愛夫妻兩拆開，
你害我思念夫君肝腸碎。
你害我丟棄親生靈根殿，
你害我欲思輕生靈池邊。

你害我謊編身世入府來，
你害我有話不敢人前言。
端娘一死何足惜，
可憐我嬌兒失娘回宮難。
今日裡當著你劉璟面，
一了百了赴泉台。

▲端娘拿起剪刀欲自殺，劉璟急忙上前攔住。

劉　璟　（唱）娘娘哭訴似錐針，
聲聲刺痛我的心。
恨劉璟，有眼無珠雙目昏，
鑄大錯，牡丹罌粟兩不分。
原以為，奸臣女必生奸心，
哪知曉，沙土之中埋真金。

原以為，忠心耿耿保朝廷，
哪知曉，害得宮中不安寧。
娘娘啊，
只怪劉璟胸襟窄，
要害你娘娘命歸陰。
只怪劉璟胸襟窄，
害你夫妻兩離分。
只怪劉璟胸襟窄，
害娘娘四處去飄零。
只怪劉璟胸襟窄，
害儀妹抛撒所愛入宮門。
只怪劉璟胸襟窄，
害了別人害自身。

我，我好恨，我好恨啊！
娘娘啊，
幸喜得你冥冥之中護有神，
謝蒼天，免我作曠世罪孽第一人。
我定要促成你白璧無瑕還宮門，
哪怕是下煉獄碎骨粉身！

劉　璟　（跪）娘娘！

▲切光

第六場　歸寧

▲前場三天之後。

▲學士府錦罽廳，紅燭高燒。嫁妝、茶點已預備妥貼。

▲幕後合唱：

芍藥強移牡丹林，

東宮花轎出紫禁。

誰知平地風波起，

吳淑儀臨嫁失蹤無處尋。

▲朦朧光影裡，響起一片尋找淑儀的聲浪。幢幢人影手提燈籠呼喚著：「小姐，你在哪裡……」過場。

▲燈亮。家丁內報：「劉公子進府！」

▲吳伯宗、陳氏上。

吳伯宗 快快有請！

▲劉璟上。

劉　璟 孩兒拜見義父義母，並給儀妹道喜。

陳　氏　還道什麼喜！璟兒，你儀妹她，她臨嫁不見了。（哭）女兒啊……

吳伯宗　唉！

劉　璟　（故意驚起）這，這是從何說起？

吳伯宗　咳，眼看東宮花轎就要進府，這，這怎麼辦呢？

劉　璟　義父義母，儀妹不見，這可有欺君之罪呢。

吳伯宗　是啊，是啊。老夫正想去御史府求教於你。

劉　璟　義父義母不用焦心，容孩兒想來。（片刻）啊爹爹母親，如今思來想去，只有一計可行。

吳伯宗、陳氏　（急切地）快快講來！

劉　璟　依孩兒之見，莫若替嫁。

呈伯宗　替嫁？誰人可替？

劉　璟　義女紫萍。

陳　氏　紫萍？使得麼？

劉　璟　義父義母啊！

（唱）紫萍她儀態萬方性溫順，

堪為東宮中饋人。

再說是多虧二老收留她，

她定能知恩圖報來應承。

吳伯宗　替嫁固然可行，但這只救得一時之急。以後若是儀兒尋到，此事傳揚開去，豈非依然難逃這欺君之罪？

劉　璟　（唱）紫萍頂替淑儀名，

尋到淑儀喚紫萍。

嫁入宮去真紫萍，

留在宮外假紫萍。

入宮參見喚淑儀名，

千萬不可喚紫萍。

如這樣真作假來假作真，
方能夠消災避禍保安寧。

陳　氏　啊呀呀，淑儀、紫萍、真名、假名，攪得人暈頭轉向了。

吳伯宗　這樣真真假假，終非長策。

▲家丁內聲：「報！」上。

家　丁　稟老爺，東宮迎親的頭起報馬已到府門！（下）

吳伯宗　這，這……事到燃眉，也只有用璟兒的辦法了。來，有請義兒！

▲胡端娘上。

胡端娘　女兒拜見義父義母。

吳伯宗　紫萍兒罷了。一旁坐下。啊女兒，為父有一樁為難之事，求女兒相助，不知女兒允與不允？

胡端娘　爹爹請講。

吳伯宗　紫萍兒啊，

（唱）儀兒她不願入宮為妃嬪，

　　昨夜潛逃離府門。

今日裡宮中花轎將來臨，

沒奈何只得求兒替嫁行。

胡端娘　啊呀，義父義母啊，

（唱）非是女兒違父命，

　　這嫁娶乃是大事情。

　　姐妹易嫁天下少，

　　　皇家的婚姻怎替身？

義父義母，還是再找找淑儀妹妹吧！

▲家丁內聲：「報！」上。

家　丁　稟老爺，東宮迎親三起報馬已到。請新人上轎！（下）

吳伯宗、陳氏　女兒，女兒，你就依從了吧！

劉　璟　紫萍妹妹，事到燃眉，你看二老急成這個樣子，你就依允了吧。難道你忍心讓他們蒙受欺君之罪麼？

端　娘　（唱）我雖然日夜思歸帝王門，
卻怎能再冒風險履春冰。
倘若我替嫁露身分，
定然會打入地獄十八層。
倘若我替嫁露身分，
休再望夫妻重圓度今生。
倘若我替嫁露身分，
要連累學士府第一滿門。
（這時傳來小孩哭聲。）
猛聽得嬌兒哭連聲，

一聲聲如刀割娘心！

陳　氏　女兒啊！

（唱）女兒你是賢良方正第一人，

南海渡來的觀世音。

你若替嫁入宮門，

我闔家不忘你成全恩。（欲跪）

端　娘　（趕緊扶起）母親，母親。這，這……

劉　璟　（猜出端娘心思）紫萍妹妹，你就答應二老替嫁入宮吧。那孩子麼，妹妹，豈不聞：「芝蘭玉樹，欲使其生於庭階」麼！（暗示定將皇孫送回宮去）

端　娘　（領悟）這……你……

劉　璟　大丈夫見善如不及，言必行，行必果！

▲小孩啼哭之聲又起。

端　娘　（終於下決心）

（唱）只要嬌兒嗣大明，
　　端娘拼死回宮門！
　　爹爹母親，女兒遵命就是。

陳　氏　（摟住端娘）真是我的好女兒！

▲迎親鼓樂聲漸起。

▲切光

第七場　還情

▲緊接前場。

▲明宮偏殿，張燈結綵，喜氣洋洋。太祖升殿。鼓樂聲中，宮女翩翩起舞。

▲幕後合唱：

東宮花轎迎新人，
燕子飛歸舊牆門。
真作假來假還真，
真真假假怎調停。

太祖　（唱）奸佞已除天地新，
萬戶笙歌慶昇平。
歎只歎皇兒失妻悲晨昏，
為殉情，他一年不許再議婚。
孤皇我掐指盼來又逢春，
續皇媳，選定了學士女千金。
今日裡玳瑁宴開芙蓉屏，
眾愛卿紛紛賀喜到宮廷。

▲眾文武上。

眾文武 臣等叩見我皇萬歲！恭賀太子重結良緣！

太　祖 眾卿平身。請進內殿看茶！

眾文武 謝萬歲！（下）

▲太監上。

太　監 啟奏萬歲，東宮新妃已到宮門，婚儀也已準備停當，請萬歲下旨舉行婚禮！

太　祖 傳旨下去，文武百官上殿朝賀，即刻舉行大禮！

▲蔡公公急匆匆上。

蔡公公 啟奏萬歲，閤門史劉璟自綁自身，在宮門侯旨。

太　祖 （一怔）哦，小劉璟他自綁自身卻為何事？快快宣他上殿！

蔡公公 萬歲有旨，劉璟上殿！

▲劉璟內聲：「臣領旨！」上。

劉　璟 （唱）一年前宮門除奸意氣揚，
卻不料離合悲歡夢一場。

今日裡自綁自身金殿上，
管叫他夫妻雙圓話也香。
罪臣叩見萬歲！

太　祖　劉愛卿，今日乃是大喜之日，你五花大綁上殿而來，豈不有損我皇家體面！快，快給他鬆綁。

▲太監給劉璟鬆綁。

劉　璟　萬歲，微臣犯下了彌天大罪！

太　祖　此話怎講？

劉　璟　萬歲，是我，是我害死了你的皇孫……

太　祖　什麼皇孫？我哪裡來什麼皇孫？

劉　璟　萬歲！

（唱）千怪萬怪要怪劉璟，
我不該報仇心切良莠混。

端妃她溫厚善良有德行，
今才知她腹中已懷帝王根。
似這樣株連無辜太不應，
罪魁禍首是劉璟！

太　祖　什麼，端妃她身懷有孕？孤王我怎麼一點不知？快與我傳太子上殿！

蔡公公　萬歲有旨，太子上殿！

▲朱標上。

朱　標　兒臣叩見父皇。

太　祖　皇兒，我來問你，端妃她身懷龍種，此事當真？

朱　標　（一驚，看看劉璟，頓時明白過來）端娘她確有二月身孕。

太　祖　（有些動怒）那，那你為什麼不早說？唉，真是個無用之人！想孤皇年愈半百，尚無孫輩，今端妃有孕而死，劉璟，你，你這不是有意絕我嗎？（越說越氣）來呀，將劉璟推出去斬了！

▲羽亦軍押劉璟。

劉　璟　（禁不住）哈哈哈……（狂笑不已）

太　祖　哦，你死到臨頭，因何發笑？

劉　璟　萬歲，你斬不得劉璟的。

太　祖　這是為何？

劉　璟　萬歲呀！

（唱）

今日裡朝堂之上喜洋洋，

文武百官都到場。

倘若萬歲將劉璟斬，

不怕宮中呈不祥？

太　祖　寡人從不信鬼神報應，定要斬了你，方泄我失孫之痛！

劉　璟　哈哈哈！萬歲，你還是斬不得劉璟的！

太祖　你還有何說？

劉璟　萬歲！

（唱）劉璟我父子並世為忠良，

為大明一門老小到「望鄉」。

倘若萬歲將劉璟斬，

豈非是滿朝文武要失主張？

大祖　這……咳，你不用巧舌如簧，孤王我定斬不赦！

劉璟　好好好，你斬你斬！只要你不再要你的皇孫，你就把劉璟千刀萬剮又有何妨！哈哈哈……（說著自動下殿）。

太祖　且慢！劉璟，你這話是什麼意思？

劉璟　萬歲，實話相告，小皇孫他沒有死。他長得呀，

（唱）鼻正口方帝王相，

和你萬歲一模樣。

可惜他未落娘胎就遭殃，
流落民間好淒涼！

太　祖　如此說來，端娘她……？

朱　標　（忍不住）父皇，端娘她，她還在人世！

太　祖　什麼？端妃她沒有死？蔡公！

蔡公公　奴才罪該萬死！（跪）

劉　璟　萬歲，此事不能責怪蔡公公。說起來，公公非但無罪，而且有功呢！

太　祖　私放欽犯，罪在不赦，功在哪裡？

劉　璟　那麼，萬歲，你是不要你的小皇孫了？

太　祖　寡人豈可不要皇孫！

劉　璟　卻又來！母要其死，子要其活，天下哪有這等好事！

太　祖　這……

劉　璟　萬歲，小皇孫已在宮門候旨，要見你這皇帝爺爺了！

太祖　（醒悟）哦。蔡公還不快快宣我的寶貝皇孫！

蔡公公　萬歲有旨，小皇孫上殿！

▲吳伯宗內聲：「領旨！」偕陳氏抱小孩上。

吳伯宗　臣等護送小皇孫叩見我皇萬歲，萬萬歲！

太祖　卿等平身！（起身）我的小皇孫！（抱過小孩，只管左瞧右瞧，朱標過去想接，不給）唷，眉似劍，眼如星，地角圓，天庭滿。哈哈哈……，真乃孤皇之孫也！（仍在忘情地逗弄孩子）

朱標　（著急地對劉璟）劉愛卿，我那愛妻呢？她現在何處？

劉璟　你要愛妻，該去求你那皇帝父親啊！

朱標　父皇。

太祖　我的乖孫孫，好乖呵……

朱標　（大聲地）啟奏父皇！

太祖　（醒悟）何事？

朱標　父皇，你不要只顧你的孫子，忘了我的妻子！

太祖　對，對對。來，吉時已到，命新人上殿，即刻舉行成婚大典！

▲鼓樂齊鳴。胡端娘蓋著頭蓋由宮女扶上。

朱標　（著急地）啊呀父皇，錯了！錯了！

劉璟　殿下，對的！對的！（示意揭去頭蓋）

朱標　（恍然大悟，迅速將端娘頭蓋揭去。驚喜地）端娘，愛妃，我的妻啊！

端娘　殿下！（相擁）

朱標　叩見父皇！

端娘　叩見父皇！

太祖　哦，皇兒皇媳平身，平身……（指指劉璟）都是你，都是你！真真成也蕭何，敗也蕭何！也罷，寡人念你保護皇孫有功，賜你無罪。

劉璟　謝萬歲！

太祖　嘿嘿嘿……（對吳伯宗）吳愛卿，令愛千金……？

吳伯宗　難道萬歲還要將她……

太　祖　噯，哪裡哪裡。今日端妃重還宮門，寡人倒想喜上加喜，為令愛另配佳婿，不知愛卿是否願意？

吳伯宗　未知萬歲所選佳婿是誰？

太　祖　若說佳婿麼，嗯……

劉　璟　（迷惑地）萬歲，你……

太　祖　哈哈哈！小劉璟聽旨。寡人作主，將吳學士之女許配於你，即刻金殿成婚。

劉　璟　（一怔之後大喜過望）謝萬歲龍恩！

眾　謝萬歲龍恩！

太　祖　哈哈哈……

▲幕後合唱：

休恃你躊躇滿志理滿理，
氣太盛，有理反而輸無理。

川澤納污天地寬，
春色永駐日長麗。
▲歌舞聲中，兩對夫妻，一對擁子相親，一對紅綢完婚。
▲閉幕。
▲劇終

編劇後記

一九九〇年的春天，一次我在嘉興市文化局參加一個會議，碰到查康國同志，閒聊中他告訴我省裡又要舉辦戲劇節了，嘉興市尚無參賽的本子，他提議我是否可以寫一個，我心動了。這是我劇本創作的發軔。

初稿寫出之後，一天，著名劇作家顧錫東來桐鄉出席一個會議，我也正好與會，便把稿子交給他，請他幫助看看。顧伯伯非常熱情，他肯定了這是個很有基礎的本子。在他的具體指導下，我最終寫成了生平第一個劇本。

在劇團二度創作的過程中，我又根據導演的要求邊排演邊修改，直到一九九二年春天的一個晚上在嘉興大劇院公演。

顧伯伯已在二〇〇三年走完他八十年的藝術人生，我懷念顧伯伯。

〔嘉興市越劇團一九九三年一月演出本〕

【附錄】

著名劇作家顧錫東先生關於《情還明宮》一劇給作者的信

振剛同志：

你好！

桐鄉回來，忽已旬日。前日查康國託人來詢問您的大作究竟如何？再不立即給您寫信，實在太抱歉了。

導演胡其嫻同志根據我的要求，比較具體地寫了書面意見。我從桐鄉回來，本想再看一遍劇本寫信，可是每天會議不斷，接待內外賓不斷，還要給讀書班上黨課，一眨眼十天過去了，再不寫信，頗給人以言而無信之感。

寫戲比寫小說難，因為小說只要編輯部讚賞，馬上發表可也，而劇本則需舞台上的二度創作。劇本的可讀性，與演出的可看性還有差距。現在戲曲不太景氣，而劇團排演個新戲，至少得花一二萬元錢（小百花團規定每戲可花五萬元）。八十年代初，我在湖州的時候，花幾百塊錢也好上個新戲；現在不行了，排演新戲要靠省裡舉辦戲劇節來推動。去年離戲劇節只有幾個月了，嘉興市還沒有個新戲，局裡、團裡領導都著急，那時我推薦顧頌恩寫的《紅絲錯》劇本給他們。那本子比您的本子基礎差，但因為趕上戲劇節，第一個導演對這個本子不感興趣不接受，第二個導演接受了，從沒把握到有把握，幾經修改本子和演出設計，幸而成功。

我對您的本子一開始便認為是可琢之玉，所以我想請一位對這個本子產生興趣的導演參與「編導合作」。胡其嫻去年排演的《漢武之戀》獲得一等獎，還有點水準，比較聽我的話，她也認真看了劇本，認真寫了書面意見。但恕我直言，現在這個本子還不太引得起導演的創作衝動，還無法「略加裁剪便成舞台本」，加以她剛接受小百花團要她排演新戲，儘管她寫的書面意見很認真，還有點道理，但可以看得出來，沒有進一步深入下去具體解剖，只是零碎地枝節地提些意見，也許對作者幫不了多少忙。

因為這個劇本最主要的問題是如何「精煉」的問題，不是要求故事情節上作大變動，在「精煉」的過程中，來解決刻劃人物更生動些，合理些，以及舞台動作的豐富性。不精煉，節奏容易拖遝。戲曲節奏與音樂節奏一樣，有快有慢。如《紅樓夢》，只是「葬花」、「焚稿」、「哭靈」等放慢節奏，其餘大都需明快的節奏進行。再舉個例子說，給《白毛女》改編京劇的作者比較年輕，李少春演楊白勞，作者說：「李老師，我給您楊白勞出場寫八句唱詞，怎麼樣？」李說：「太多了，楊白勞出場沒什麼戲，最多唱四句夠了。」後來作者又說：「李老師，楊白勞喝鹽鹵自殺那段，我給你寫了十六句唱詞，怎麼樣？」李說：「太少了，那段戲楊白勞要唱足，至少唱它三十二句。」

一個京劇本子，大約二三百句唱詞。越劇本可以多唱些，因為唱的節奏相對比較快，一般四五百句唱詞。過去唱四工調的節奏快，如《何文秀》就唱得多了；《紅樓夢》也因為唱詞多，現在演三個半小時，觀眾看得吃力了。

敘述性的東西，交待清楚用淡墨，節奏宜明快；描寫性的東西，充分刻劃人物心態宜濃墨，節奏可以放慢。

這個精煉過程，現在還不到導演本哪段刪哪段減的時候。胡其嫻具體提了一些，但須作者自己去理一遍。現在這個戲恐怕要演四個鐘頭。

老戲的毛病頗多情節簡單、節奏緩慢之弊，像看小說一樣，看完一頁沒啥吸引力，讀者不想看下去了。戲的「開門見山，引人入勝」，田漢叫做寫好第一場。這個戲的文章做在

「易妻」上，斬胡惟庸只是個楔子，宜在矛盾激烈、節奏明快中進行，一下子交待清楚，歸結在賜胡妃死就夠了。觀眾的懸念在於胡妃的命運上。太祖馬上叫吳伯宗的女兒做皇媳，劉璟癱倒，觀眾看得沒頭沒腦，不知道是怎麼回事，反而分散注意力。有所謂「一波未平，一波又起」，還是矛盾發展一浪高一浪，不宜一下子都提出來。

譬如說，越劇一般不走老戲路子了，開頭第一場皇帝登殿，百官站立，矛盾展開非緩慢不可。

換個寫法的話——

大幕徐徐啟，朱元璋在偏殿上邊看奏章邊生氣，隨便寫幾句路頭戲吧：「閱遍奏章怒滿容，一本本參奏權相胡惟庸。三十年大明江山成一統，怎容那居功自傲欺君罔上的老奸雄。今日裡朕若不把功臣斬，怕將來皇祚難保後患無窮。」

隨即太監報東宮太子到。原來胡惟庸聞風到東宮乞求庇護，朱標是個忠厚人，不敢隱瞞，帶了胡惟庸來領罪乞求寬大。朱元璋將奏章給他們看，問胡可知罪。胡可以避重就輕地低頭服罪，老淚縱橫，一念往日之功，二念秦晉之好，脫下頭上烏沙，乞求廢為庶民……

原來朱元璋密令劉璟與吳伯宗查辦此案，劉璟與吳伯宗來覆旨，罪證確鑿。朱元璋故意問皇兒如何處置，胡惟庸把希望寄託在朱標身上，朱標委婉地乞求父皇免其一死。問吳伯宗，吳伯宗不得不附和太子的意見。問到劉璟，劉璟說出一番道理，不能赦免胡一死。於是元璋批評兒子「婦人之仁，日後如何保得江山！」喝令武士上來，將胡惟庸推出午門斬首。這時差點癱倒的是朱標。

第一場你寫了二百二十行，我看限在一百行內，便可開門見山把矛盾揭示出來。不是胡惟庸有罪無罪之爭，焦點在於殺不殺胡惟庸。在這場戲中，不僅不須提吳伯宗的女兒作皇媳，連賜死胡妃也不要提，留給後面矛盾一層一層揭開來。

這第二場是否可以——

先寫皇妃胡端娘與宮婢賢貞的深厚感情，只有賢貞知道胡妃已腹中懷孕，而且今天是胡妃生日，等候太子到來慶賀一番。那胡妃也是滿懷幸福感……

此刻太子回宮來了，他不能把胡惟庸的凶訊告訴愛妻，內心十分複雜。今天是胡妃生日，何況賢貞向太子道喜，胡妃腹中有孕了。胡妃充滿對太子之愛，與太子共飲瓊漿。別人歡樂太子悲，胡妃發覺有異要盤問，太子怎麼也說不出口，惟舉杯狂飲而已。

像霹靂一樣，蔡公公帶了白綾來賜胡妃死，連太子也意想不到父皇如此辣手……「生日原來是死期」，慘！

然後產生賢貞代死胡妃出走情節。

第三場——

如果我們來戲劇結構的話，當先寫劉璟與吳淑儀的關係與感情，同為劉伯溫昭雪報仇而高興。吳夫人亦可在場。

然後是救胡端娘。

而疊起一層浪，是吳伯宗進宮回來，喜逐顏開，女兒被選中為皇妃……

而問題攤開來，是對一對青年戀人的打擊。前面的「心心相印」之詞，到此成為泡影，矛盾的「一波未平，一波又起」，恐怕這樣連環扣的發展，比較更加引人入勝。

我把上述三場戲大致理一下。只是我頭腦裡的舞台調度變化的形象，未必一下子符合於作者頭腦裡的原來形象，但因這樣比較提點空洞的意見好些，是否有參考價值，那就很難說了。

然而非常抱歉，再往下理，我理不下去了，因為在我的頭腦裡，忍不住出現一條與你構思相反的路子。照我辦，幾乎會把你化的心血否定掉。我可以說一下，但不必聽我。

假如我往下寫的話——

我寫的是深夜，書房裡（是吳府的書房），劉璟因酒醉留下來。深夜酒醒，十分苦惱，木已成舟，難捨戀人，與他生未卜此生休之歎，哪能夠入睡。

這時，有個「女刺客」來了，她就是胡端娘。雖然瞞過身分，寄居府中，如今吳淑儀要入宮，更添幾分絕望，一股怨氣集中在殺父仇人劉璟身上，不想活了，拿了花剪刀來跟劉璟拼命。可是當她在門外聽到劉璟自言自語對她充滿同情，她如何下手？嗚咽之聲驚動劉璟，將她喚了進來……

這時，吳淑儀忍不住夤夜來找劉璟，聽到房內女子聲，不進去，聽著。

劉璟是個有膽氣的聰明人，看到賢貞滿臉恨意，深覺有異。一步步盤問，使胡端娘一瀉無遺地唱十多個「你害我……」一直害到她腹中的孩子，最後竟要拔剪刀自殺在劉璟面前，連吳淑儀也跳進來，雙雙阻止她尋死……

忽然，劉璟生出一條計來……

下面一場——

新娘臨嫁不見了。吳老夫妻急死了，這可有欺君之罪。於是劉璟獻計，由賢貞頂替淑儀入宮。那不是也有欺君之罪嗎？根據劉璟的意思，同樣有欺君之罪，賢貞無人認識，她有才有貌，嫁給太子十分相配，不如賢貞改名淑儀，若找到淑儀改喚賢貞……

眼看太監宮娥上門催妝來了，吳老夫妻懷著鬼胎，只好把賢貞送進宮去。

下一場——

太子娶吳淑儀並不願意，洞房不理新人，最後發現是胡端娘。這裡大有戲可寫，不必細說了。

而最主要的是矛盾的解決——

八個月後，劉璟家裡藏著淑儀，淑儀不知何日出頭，忽然太子來微服私訪。皇妃八個月生子，此事瞞不過父皇，胡妃準備一死。這個悲劇如何可避免得了，太子幾乎叫劉璟「恩公」，只有你劉伯溫的兒子才有辦法救人救到底了。

劉璟吩咐家人將自己綁了，叫太子帶他進宮見朱元璋。

結局——

朱元璋深喜抱孫，忽發覺八月之期，大起懷疑，欲找太子追查，而太子帶著罪臣劉璟上殿。劉璟有大段唱功，說明仇冤之界限，諷諫株連之無辜，這個孩子確是龍孫，請赦免胡妃，斬我劉璟欺君之罪。朱元璋全都赦免了，兩對夫妻團圓。

胡說八道到這裡，請諒。此致

敬禮

顧錫東

◇顧錫東，浙江嘉善人，著名劇作家，代表作有《五女拜壽》、《漢宮怨》、《陸游與唐琬》等。

SHOW劇本5　PH0114

情還明宮

——張振剛戲劇作品集

作　　者／張振剛
主　　編／蔡登山
責任編輯／蔡曉雯
圖文排版／曾馨儀
封面設計／秦禎翊

發 行 人／宋政坤
法律顧問／毛國樑　律師
出版發行／秀威資訊科技股份有限公司
114台北市內湖區瑞光路76巷65號1樓
電話：+886-2-2796-3638　傳真：+886-2-2796-1377
http://www.showwe.com.tw
劃撥帳號／19563868　戶名：秀威資訊科技股份有限公司
讀者服務信箱：service@showwe.com.tw
展售門市／國家書店（松江門市）
104台北市中山區松江路209號1樓
電話：+886-2-2518-0207　傳真：+886-2-2518-0778
網路訂購／秀威網路書店：http://www.bodbooks.com.tw
國家網路書店：http://www.govbooks.com.tw

2013年12月　BOD一版
定價：390元

國家圖書館出版品預行編目

情還明宮 : 張振剛戲劇作品集 / 張振剛著. -- 一版. -- 臺北市 : 秀威資訊科技, 2013. 12

面 ;　公分. -- (SHOW劇本 ; PH0114)

BOD版

ISBN 978-986-326-210-7 (平裝)

854　　　　102022830

讀者回函卡

感謝您購買本書，為提升服務品質，請填妥以下資料，將讀者回函卡直接寄回或傳真本公司，收到您的寶貴意見後，我們會收藏記錄及檢討，謝謝！如您需要了解本公司最新出版書目、購書優惠或企劃活動，歡迎您上網查詢或下載相關資料：http:// www.showwe.com.tw

您購買的書名：＿＿＿＿＿＿＿＿＿＿＿＿＿＿＿＿＿＿＿＿＿＿

出生日期：＿＿＿＿年＿＿＿＿月＿＿＿＿日

學歷：□高中(含)以下　□大專　□研究所(含)以上

職業：□製造業　□金融業　□資訊業　□軍警　□傳播業　□自由業

□服務業　□公務員　□教職　□學生　□家管　□其它＿＿＿

購書地點：□網路書店　□實體書店　□書展　□郵購　□贈閱　□其他

您從何得知本書的消息？

□網路書店　□實體書店　□網路搜尋　□電子報　□書訊　□雜誌

□傳播媒體　□親友推薦　□網站推薦　□部落格　□其他＿＿＿＿＿

您對本書的評價：（請填代號　1.非常滿意　2.滿意　3.尚可　4.再改進）

封面設計＿＿　版面編排＿＿　內容＿＿　文／譯筆＿＿　價格＿＿

讀完書後您覺得：

□很有收穫　□有收穫　□收穫不多　□沒收穫

對我們的建議：＿＿＿＿＿＿＿＿＿＿＿＿＿＿＿＿＿＿＿＿＿＿

＿＿＿＿＿＿＿＿＿＿＿＿＿＿＿＿＿＿＿＿＿＿＿＿＿＿＿＿

＿＿＿＿＿＿＿＿＿＿＿＿＿＿＿＿＿＿＿＿＿＿＿＿＿＿＿＿

＿＿＿＿＿＿＿＿＿＿＿＿＿＿＿＿＿＿＿＿＿＿＿＿＿＿＿＿

請貼
郵票

11466
台北市內湖區瑞光路 76 巷 65 號 1 樓
秀威資訊科技股份有限公司 收
BOD 數位出版事業部

(請沿線對折寄回，謝謝！)

姓　　名：＿＿＿＿＿＿＿＿　年齡：＿＿＿＿　性別：□女　□男

郵遞區號：□□□□□

地　　址：＿＿＿＿＿＿＿＿＿＿＿＿＿＿＿＿＿＿＿＿

聯絡電話：(日)＿＿＿＿＿＿＿＿＿＿(夜)＿＿＿＿＿＿＿＿＿＿

E-mail：＿＿＿＿＿＿＿＿＿＿＿＿＿＿＿＿＿＿＿＿